KB252771

숲 짓는 마음

숲 짓는 마음

2025년 6월 13일 제 1판 인쇄 발행

지 은 이 | 박용구
펴 낸 이 | 박종래
펴 낸 곳 | 도서출판 명성서림
등록번호 | 301-2014-013
주   소 | 04625 서울시 중구 필동로 6(2층·3층)
대표전화 | 02)2277-2800
팩   스 | 02)2277-8945
이 메 일 | msprint8944@naver.com

값 20,000원
ISBN 979-11-94200-87-1

숲 짓는 마음

박용구 지음

도서출판 명성서림

머리말

하나의 생명이 싹을 틔우고 자라나, 봄바람에 콧노래를 부르며, 푸르고 울창한 숲속에서 안식을 누렸고, 아름다운 단풍의 황홀한 기쁨과 북풍한설 속에서도 함께 했던 내 삶의 추억이 그리워지는 계절이다.

세상에 쉬운 일이 없다고들 하지만, 작은 책 한 권을 만드는 일 또한 결코 만만치 않았다.

모든 작업을 마치고 나면 늘 아쉬움이 남는다. 그러나 가진 것보다 더 잘되기를 바라는 마음은 어쩌면 욕심일 뿐이라는 것을 알면서도, 마음은 쉽게 만족하지 못하니, 그것도 하나의 병이 아닐까 싶다.

정년을 하면 제2의 인생을 맞이한다고들 하는데, 벌써 15년이 지났다. 짧지 않은 세월이다. 그동안 쉬지 않고 산을 다녔고, 산에 올라 풀과 나무와 함께한 날들이 곧 내가 걸어온 길이었다.

첫 번째 수필집 『松茂栢悅 소나무 향기 아래 어린 잣나무는 자라고』를 낸 후, 이번에 두 번째 수필집 『숲 짓는 마음』을 펴내게 되었다.

이번 책은 전체를 4부로 나누었다. 1부 '사창리 덕고개 첫눈'에는 학교를 졸업하고 사회에 나와 겪었던 이야기 7편을 모았고, 2부 '인봉의 신선송'에는 산행 중 듣고 느꼈던 나무 이야기 10편을 실었다. 3부 '숲 짓는 마음'에는 숲을 만들고 관리하는 일과 관련된 글 8편을 담았으며, 4부 '자작나무, 시가 되다'에서는 『한국임우연합회지』에 기고했던 글 가운데 8편을 선정해 엮었다.

이 이야기들은 숲 속에서 직접 경험한 것을 바탕으로 쓴 것들이다. 숲속의 시계는 아주 천천히, 그러나 결코 쉬지 않고 흘러간다. 숲이 이루어지고 가꾸어져 아름다움을 갖추기까지는, 길고 긴 인내의 시간이 필요하다.

우리나라의 숲은 벌거숭이 민둥산에서 산림녹화를 이루어낸 세계 유일의 국가이다. 숲을 가꾼 사람들의 자부심은 그만큼 크다. 그 힘들고도 어려운 여정 끝에 이룩한 산림녹화의 생생한 기록물이, 2025년 유네스코 세계기록유산으로 등재되었다는 소식에 모두가 기뻐하고 환호하고 있다. 이는 우리나라 산림문화에 있어 역사적인 사건이다. 마땅히 다 함께 축배를 들어야 할 일이다.

그러나 현실은 녹록하지 않다. 우리의 산림은 여전히 많은 재해에 노출되어 있다. 병충해와 산불이 끊임없이 숲과 나무를 위협하고 있으며, 그에 대한 명확한 대책은 아직 마련되지 않고 있다.

녹색혁명의 1세대인 우리는 나무에 역병이 돌고, 산불로 숲과 산 속에 있는 집들이 타버리는 모습을 보면 마치 내 몸이 불에 탄 것처럼 쓰리고 아프다. 온 정성과 노력으로 이루어낸 우리의 숲을 지키기 위해서는, 숲을 가꿀 때보다 더 큰 정성과 애정을 가져야만 한다. 이제는 온 국민이 숲지킴이가 되어야 할 때다. 그러기 위해서는 우리가 숲에서 경험한 일들을 서로 나누고 공유해야 한다. 그 첫걸음이 바로 숲에 대한 글을 쓰는 일이라 생각한다.

이 책의 추천사를 흔쾌히 써주신 조연환 청장님께 깊은 감사를 드리며 지루하고 힘든 교정 작업을 해준 박명희, 김주영 두 선생께 고마움을 전한다. 이 작은 책자가 독자들에게 숲을 지키는 마음을 갖는데 조금이라도 도움이 된다면, 그 보다 더 큰 기쁨은 없을 것이다.

추천사

박용구 교수님께서 카톡을 보냈다.

"청장님, 그동안 안녕하신지요? 청장님께 저의 졸저 '숲 짓는 마음'이라는 수필집의 추천사를 부탁드립니다. 이 책을 쓰려고 할 때부터 추천사는 청장님께 부탁하기로 마음을 먹고 있었습니다." 추천사를 쓸 사람이 많을 텐데 왜 나한테 추천사를 써 달라고 하실까?'

박용구 교수님과 나는 같은 시기에 산림공무원이 되었다. 나는 농고를 졸업하고 '67년 10월 조건부임업기원보(9급)로 임용되어 무주 구천동에서 첫 근무를 시작하였고, 박 교수님께서는 석사학위까지 취득하시고 '68년 2월 산림보호주사보(7급)로 임용되어 춘천관리소에서 첫 근무를 하셨다. 직급, 학력, 연령 모든 면에서 비교할 수 없지만 박 교수님과 나는 같은 시기에 산림공무원이 되어 최일선에서 첫 근무를 했다는 공통점을 가지고 있다.

제1부 '사창리 덕고개 첫 눈' 편에는 68년 2월 춘천관리소로 첫 발령을 받아 그 해 10월 임목육종연구소로 전근되기까지 8개월간의 초보 산간수의 애환이 고스란히 녹아 있다. 300ha 낙엽송 조림사업을 맡아 300여 명의 인부들을 혼자 감독하며 한 달 여 동안 골짝과 능선을 넘나들며 나무를 심던 일, 7, 8월 뙤약볕에 잣나무 조림지 60ha에 풀베기작업을 하던 이야기, 마을 이장 댁 과년한 처자가 정성들여 끓여준 보양탕(?) 이야기, 도벌꾼을 잡아 감옥에 보내고도 논밭을 팔아 보상을 해 주어야 했던 억울한 이야기, 불법건축물 단속을 나갔다가 젊은 여인에게 봉변당

한 이야기 등 60년대 산림공무원이 겪은 삶이 생생하게 기록되어 있다.

2부 '인봉의 신선송' 편에는 산과 나무를 찾아다니며 보고 느낀 나무 이야기가 들어 있다. 대구 달성공원의 '서침나무', 팔공산 인봉의 '신선송', 하목정의 '배롱나무'를 꼭 찾아보고 싶다. 또한 소월의 시 '초혼'에 얽힌 애달픈 사연, 백석과 김영한의 사랑이야기, 홍덕왕과 장화부인의 순애보를 읽을 수 있으며, '감칠맛'에 대한 감칠맛 나는 판례도 재미있게 읽었다.

3부 '숲 짓는 마음'에는 나무와 숲과 산을 바라보는 저자의 애정과 식견이 배어 있다.

소나무가 재선충병으로 멸종위기를 맞고 있는 안타까움과 유전자변형식품에 대한 진실, 왕벚나무에 대한 견해 등 나무와 숲에 대한 그의 통찰력과 열정을 읽을 수 있었으며, 천리포수목원장이셨던 고 민병갈 원장님을 리틀잼 목련나무 아래 수목장으로 모신 일이 새삼 자랑스럽게 느껴졌다. 특히 '숲 짓는 마음'에서는 프랑스 소설가 장 지오노의 『나무를 심은 사람』을 소개하며 '임업을 2, 3차 산업으로 육성하는 것도 중요하지만 나무를 심고 가꾸는 것이 임업의 근본임을 잊어서는 안 된다'는 말씀에 혼자서 큰 박수를 쳤다.

4부 '자작나무 시가 되다'는 저자가 『한국임우연합회지』에 발표한 글을 모은 것이다.

세한도에 그려진 나무가 어떤 나무인지를 구별하기보다는 문인화로

서 추사의 심정을 읽어야 한다는 말에 공감하며, 세한도를 국가에 기증
한 손창근 씨에게 거듭 감사드린다. 손창근 씨는 잣나무와 낙엽송 200
만 그루를 50년 동안 심고 가꾼 경기도 용인에 있는 임야 200만 평(시가
1,000억원)을 산림청에 기증하신 분이다.

저자는 '우리는 시를 어떻게 읽을 것인가'에서 백석의 '나와 나타샤와
흰당나귀', 박목월의 '이별의 노래', 조지훈의 '완화삼'과 박목월의 나그네
에 얽힌 이야기를 구수하게 풀어내고 있다. 차이콥스키의 피아노 협주
곡 No.2 를 들으며 '자작나무 시가 되다'를 읽었다. '나를 연탄시인이라
고 하는데 연탄시인보다는 자작나무 시인으로 불리고 싶다.' 던 안도현
시인도 생각났다.

'치유숲속의 대화'는 서울에서 고등학교 생물을 가르치는 최 선생이
중학교 3학년 딸과 축령산 치유의 숲에서 나눈 이야기이다. 삼나무와
편백나무 이야기부터 산림유전공학까지 대화의 폭이 다양하고 깊이 있
음을 볼 때 최 선생님이 박 교수님의 수제자가 아닌가 하는 생각이 들
었다. 여기에 나오는 강 선생님은 숲과문화학교 '강영란 선생'임을 금방
알 수 있었다.
그런데 글 속에서 중학교 3학년인 딸이, 고 임종국 조림가 수목장 나
무를 보며 "엄마, 임 선생이 삼나무와 편백을 많이 심었는데 왜 수목장
을 느티나무로 했을까? 좀 이상하지 않아?" 라고 물으니 "그래, 춘원선생
나무라고 하면 평소 좋아했던 삼나무나 편백나무로 해야 할 것 같은데

왜 느티나무로 했는지 엄마도 잘 모르겠구나. 다른 깊은 뜻이 있는지?"
라고 답하는 것을 읽으며 내가 추천사를 쓰기를 잘 했다 싶었다. 그 '다
른 깊은 뜻'이란 다음과 같다.

2005년 산림청장 재임 시에 유가족과 상의해서 고향 화순에 묻혀 계
신 고 임종국 조림가를 이곳 축령산에 수목장으로 모셨다. 그 때 무슨
나무를 심을까 고심하다가 새천년을 맞아 산림청에서 '새천년나무'로 선
정한 느티나무를 심기로 했다. 느티나무는 우리 고유수종으로 수형이
아름답고 재질이 뛰어나며 1,000년 이상을 사는 나무이기 때문에 고 임
종국 조림가의 높고 고귀한 뜻이 천년 이상 오래 간직되기를 바라는 마
음으로 새천년나무인 느티나무를 심은 것이다. 명석한 따님, 해박하신
최선생님, 왜 느티나무를 심었는지 이해가 되시는지요.

박용구 교수님의 수필집 『숲 짓는 마음』을 읽는 동안 목성균 수필가
의 『누비처네』 생각을 많이 했다. 늦은 나이에 산림공무원이 되어 '68
년도에 평창관리소에서 첫 근무를 시작한 목성균 수필가는 그의 산간
수 시절 이야기를 감칠맛 나게 수필로 그려내어 문학계의 큰 호응을 받
고 있다. 목성균 수필가와 박용구 교수님은 '68년 같은 해에 산림공무원
이 되어 최일선에서 조림하고 도벌꾼을 잡는 일을 하였으며 그때의 일
을 수필로 담았다. 박용구 교수님의 두 번째 수필집 『숲 짓는 마음』이
목성균 수필가의 『누비처네』처럼 많은 사람들에게 큰 사랑 받기를 기대
하며 성원한다.

　최일선 산림공무원으로 출발해서 임업연구관을 거쳐 대학 교수로 정년퇴임 하고도 15년 넘게 나무와 숲을 찾아다니며 시와 수필을 쓰고 강의를 이어가시는 박용구 교수님의 젊음과 열정은 어디서 나오는 것일까? 초보 산간수 시절 C 여고를 졸업했다는 이장 댁 과년한 따님이 정성껏 끓여준 보양탕(?) 덕이 아닐까 하는 생각을 지울 수 없다.

　저자가 머리말에서 고백했듯이 '녹색혁명의 1세대는 나무에 역병이 돌고, 산불로 숲과 산속에 있는 집들이 타버리는 모습을 보면 마치 내 몸이 불에 탄 것처럼 쓰리고 아프다. 온 국민이 숲 지킴이가 되어야 할 때다. 그러기 위해서는 우리가 숲에서 경험한 일들을 서로 나누고 공유해야 한다. 그 첫걸음이 바로 숲에 대한 글을 쓰는 일이다.'라는 저자의 말에 적극 공감하며 일독을 권한다.

조연환 (시인, 제25대 산림청장)

1 사창리 덕고개 첫눈

2 인봉의 신선송

1

사창리 덕고개 첫눈

산림보호주사보의 하루

1968년 7월 1일 월요일, P 산림주사보는 아침 회의에 참석하였다. 그 어려운 나무심기 작업도 무사히 끝냈으니 이제는 좀 편해지려나 싶었는데 풀베기 작업을 시작한다고 하니 이번 여름도 만만치 않을 것 같다는 생각이 들었다.

그해 2월에 첫 발령을 받아 온 P 산림보호주사보는 3월 말부터 4월 말까지 한 달 동안을 혼자서 300헥타르에 이르는 넓은 면적에 낙엽송 심기를 마쳤다. 하루도 쉬지 않고 서면 덕두원 일대의 산을 넘어 다니면서 한 팀에 100여명의 인부들을 동원하여 서너 군데에 풀어놓고 나무심기 작업을 하였다. 그 넓은 면적을 혼자 감독하게 되었으니 산 능선을 넘어 이곳에서 큰소리로 독려하고 또 다른 골짜기로 달려가는 생활을 계속하였다.

그날 회의는 봄에 심은 조림지에 풀베기 작업을 하는 일에 대한 지시

사항이었다. 풀 베는 작업은 1헥타르당 6명으로, 나무 심기 작업의 절반이 배당되었다. P 산림보호주사보의 한 달 봉급이 5,500원이었으니 일당 350원은 적은 돈이 아니었다. 나무 심을 때보다 풀 베는 작업은 한여름 더위가 심한 계절이라 더욱 힘이 든다고 했다. 더위 때문에 시간 조절을 잘해서 아침 일찍 시작하고 한낮에는 쉬었다가 오후 석양 무렵에 다시 하도록 하는 것이 작업 효율이 좋다고 했다.

이어서 각 담당 구역의 풀베기 작업 장소와 면적이 발표되었다. 담당인 남면 풀베기 작업 면적은 잣나무 조림지 60헥타르였다. 풀 베는 작업은 소나무와 낙엽송 조림지는 3년간, 어릴 때 생장 속도가 느린 잣나무는 5년간을 해 주어야 묘목이 풀 속에 파묻혀 죽지 않고 살아남을 수 있게 된다.

K 소장의 지시가 끝나나 싶었는데 산림 순시를 나갈 때 주의 사항을 한 말씀 덧붙였다. 엊그제 남해 편백나무숲 순찰을 혼자서 나갔다가 거의 죽었다 살아나온 영림서 직원에 관한 이야기였다.

남해 편백나무숲 순찰을 나간 영림서 직원은 조용한 산속에서 도끼소리를 듣고 주변을 살펴보다가 편백나무 수피를 몰래 훔치고 있는 도벌꾼 두 사람을 발견하게 되었다. 산림법 위반으로 영림서로 연행하려고했다. 두 사람은 하던 일을 멈추고 멀뚱히 쳐다보다가 영림서 직원 혼자뿐임을 알아차리고 다짜고짜 달려들어 영림서 직원을 편백나무에 묶어

놓고 산 아래로 달아나 버렸다. 나무에 묶여 초죽음이 다 된 영림서 직원은 이틀이 지나서야 동료들에 의해 구조되어 생명을 부지할 수 있었다고 하였다.

이어서 K 소장은 "산림단속을 나갈 때는 반드시 지켜야 할 사항이 있다. 그중에서도 가장 중요한 것은 2인 1조로 나가야 하며 혼자 나가서는 안 된다. 특히 도벌꾼들은 언제나 돌발적인 사고를 일으킬 수 있기 때문에 아무도 없는 산속에서 이들과 혼자 만나게 되면 매우 위험한 상황에 빠질 수가 있다. 다음으로 산을 감시할 때는 반드시 산 능선을 타야 한다. 골짜기에서는 시야 확보가 되지 않아서 산 전체를 감시할 수 없기 때문이다. 이번 남해섬에서 일어난 불상사는 산림보호수칙을 잘 지키지 않았기 때문에 일어난 사건이었다."고 말하였다.

회의가 끝난 뒤, P 주사보는 마음을 단단히 먹고 브리지스톤 오토바이에 올라타 담당 구역인 남면 가정리로 향했다. 가정리에 있는 풀베기 작업장은 올해 봄에 잣나무를 심은 곳으로, 마을에서 10여 분 거리라 작업 여건이 좋아 보였다. 작업하는 동안 머물 곳을 가정리 이장집으로 정했다. 동네마다 산림조합장이 따로 있는 곳도 있지만, 마을 이장이 겸직하고 있는 곳이 대부분이다. 가정리 이장도 조합장을 겸하고 있었다. 이장집 본채는 크고 넓었으며, 그 행랑채에 방을 내어주기로 약속했다. 동네 어른들을 만나서 인사도 드리고 작업반장을 할 수 있는 서너 사람을 정하였다. 2주일 후부터 작업을 시작하기로 모든 계획을 확정하였다.

이장집에서 점심 식사를 하게 되었다. 이장집에는 C 여고를 졸업하고 아직 시집가지 않은 음식 솜씨가 좋다고 소문난 아가씨가 있었다. 그날 점심을 맛있게 먹은 P 주사보, 앞으로 작업하는 동안에 먹는 것은 크게 걱정하지 않아도 될 것 같다는 생각이 들었다.

P 주사보는 풀베기 작업계획을 확정하고 즐거운 마음으로 임시 직원을 오토바이 뒤에 태우고 춘천 영림서로 돌아가게 되었다. 아침에 왔던 길로 가는 것보다 북한강 강변길을 따라 춘천과 가평 삼거리 쪽으로 돌아가기로 했다. 속도 제한도 없을 뿐만 아니라 도로에 차량도 거의 없던 시절이니 가속 페달을 밟으며 속도를 높였다. 초여름 열기를 시원한 강바람으로 식히면서 신나게 달리고 있었다.

한참을 달려 가평 삼거리가 가까워진 강가를 지나가고 있는데 강 쪽을 내려다보던 임시 직원이 저기 강에 도벌꾼이 있다고 소리를 쳤다. 그 소리에 P 주사보는 오토바이를 멈추고 강 쪽을 내려다보니 땔나무를 잔뜩 싣고 강을 건너려고 하고 있는 배가 보였다.

강가에 있던 작은 빈 배에 임시 직원과 같이 타고 땔나무를 싣고 가는 배를 따라잡았다. 경기도 가평 사람들이 도 경계를 넘어 강원도 춘성군 남면 쪽에서 땔나무를 도벌하고 있다는 정보는 이미 영림서 직원들 사이에는 알려져 있었다. 다른 도에서 도벌을 할 경우 해당 도에서는 적극적으로 처리하지 않고 유야무야 넘어가는 모양이었다. 이제 발령받아 5개월이 될까 말까 한 용맹스러운(?) P 주사보는 큰 소리로 배를 정지시켰다. 이 도벌꾼들을 관할 구역 강원도 쪽으로 끌고 가려고 한 것이다. 배를 세우고 한참 동안 눈만 말똥말똥 쳐다보고 있던 도벌꾼은 "집에 땔나무가 없어 산에 버려진 나무 쪼대기를 조금 주워 가고 있으니 한 번만 봐 달라"고 사정을 했다. 이에 기가 오른 P 주사보는 "산림법 제118조 도벌죄에 해당한다"라고 하면서 당신들은 징역을 살거나 벌금을 내야 할 것이니 춘천 관리소로 가야 된다고 으름장을 놓았다. 배에서 두 손을 싹싹 빌고 있던 두 사람은 징역을 살고 벌금을 낸다는 말에 얼굴색이 변했다. 순간 두 사람이 눈빛을 주고받더니 갑자기 자기 배의 노를 빼내어 사정없이 P 주사보가 타고 있던 작은 배를 후려쳤다. 충격을 받은 작은 배가 기우뚱하면서 강물이 뱃전을 넘어 들어왔다. 순간 배가 전복되지 않을까 가슴이 덜컥 내려앉았다. 얼굴에 강물 세례를 받은 순간 정신이 아찔해진 P 주사보는 물속에 들어가면 맥주병인 사람이니 돌변한 두 사람의 행동에 깜짝 놀란 것이다. 그러나 다행스럽게도 배가 출렁이는 물결 위에서 다시 제자리를 잡았다. 순간 정신을 차리고 멀찍이 도망가고 있는 도벌꾼들에게 "이놈들 너희는 지금 공무집행 방해죄를 저지르고 있는 줄 모르겠느냐? 죄를 받아도 크게 받을 것"이라고 큰 소리로 외쳤다. 그러나 도벌꾼 배는 이미 멀리 달아나고 있었다. 북한강 중간 지점이 도계이기 때문에 그 선을 벗어나면 도벌꾼이라고 할지라도 경기도 관할에 이첩할 수밖에 없는 일이어서 어쩔 수 없이 쫓아가는 것을 포기하고 말았다. P 주사보는 같이 간 임시 직원 앞에서 스타일을 구긴 무안함과 수영만 할 줄 알았더라면 보다 강력하게 제압할 수 있었을 것이라

는 아쉬움이 밀려들었다. 그러나 다른 한편으로 물귀신이 되지 않은 것
이 천만다행이라 여겼다.

　오토바이에 올라 경춘 가도를 달려 낙원동 청사에 도착하니 P 주사
보의 희비가 엇갈린 한여름 긴 하루해가 의암호 서편 산자락으로 넘어
가고 있었다.

가정리 풀베기 작업

　한참 무더위가 기승을 부리는 8월 초, 봄에 심은 잣나무 조림지 풀베기 작업을 하러 남면 가정리로 향했다. 전체 60헥타르 잣나무 조림지 풀베기 작업을 하기 위해 한 반에 10명씩 4개 반을 만들었다. 헥타르 당 6명이 배정되어 연인원 360명이 필요한 작업이었다. 장마가 지나고 날마다 찌는 듯한 더위가 시작되고 있었다. 그늘 아래 가만히 앉아 있어도 땀이 줄줄 흐르는데, 낫을 들고 산속에 들어가 풀을 베는 작업이란 숨이 턱턱 막히는 중노동이었다. 그래도 하루 일당 350원을 받기 위해 마을에 살고 있는 아낙들과 몇 안되는 남정네들이 나왔다. 봄에 하는 나무심기는 오전 일을 끝내고 점심 식사 후에 다시 시작하여 해가 질 때쯤 마치게 된다. 그러나 연중 가장 더운 한여름에 하는 풀베기 작업은 아침 6시쯤 시작하여 10시쯤 오전 작업을 끝내고 점심을 먹고 쉬었다가 오후 3~4시쯤 다시 시작하여 저녁 7~8시쯤 마치는 작업이었다. 산에서 하는 모든 작업이 마찬가지지만 중간에 쉬었다가 저녁때가 다 되어 끝나는 풀베기 작업은 더욱 힘이 들었다.

오늘은 첫날이어서 먼저 풀베기 작업을 할 때 주의해야 할 사항을 설명해 주었다. "나무를 심은 다음 하는 풀베기 작업은 초기 성장이 빠른 소나무나 낙엽송은 3년 만에 마치지만, 어릴 때 생장이 느린 잣나무는 심은 후 5년간 해주어야 잘 자라게 됩니다. 특히 풀베기 작업 중에 땡삐 집을 건드리지 말고 독사에 물리지 않도록 주의하기 바랍니다. 금년이 첫해이므로 꼼꼼히 작업을 해주셔야 합니다."라고 지시하였다. 일하러 나온 사람들은 다들 순박하여 내 지시에 잘 따라주어 큰 문제없이 풀베기 작업이 끝날 것 같았다.

풀베기 작업 기간 동안 가정리 이장 집의 문간방에 자리 잡고 숙식을 하게 되었다. 이장 집에는 C 여고를 졸업하고 집에서 신부 수업을 받고 있는 딸이 있었는데, 이번에 내 식사를 맡게 되었다. 한여름 입맛이 없는 계절에 산채나물로 차린 깔끔한 음식을 맛있게 먹을 수 있어 다행이었다.

하루 작업이 끝난 후에 동네 어른들과 함께 문간방 마루에서 막걸리를 한 잔씩 나누면서 산골에서 살아가는 이야기를 재미있게 들었다. 다음날 아침상에는 '닭국물'이라고 하면서 노란 기름이 떠 있는 탕과 박하사탕 한 개가 같이 나왔다. 대학교 다닐 적에 시골집에 가면 어머니께서 닭 한 마리를 단지에 넣어 중탕을 한 국물로 영양 보충을 시켜 주었다. 아침상에 올라온 것이 그때 먹은 닭국물 색깔과 맛이 비슷했다. 순진하게 닭 국물로 알고 그대로 마시고 박하사탕을 입에 넣고 작업장으로 나갔다. 아침부터 햇볕은 뜨거웠고 숨 막히는 더위가 온 산천을 뒤덮고 있었다. 오전 작업을 마치고 쉬는 시간인데 일찍 점심을 먹은 사람들이 작은 자루와 긴 막대기를 들고 다시 산과 계곡으로 나갔다. 무엇을 하는지 물어보았더니 다들 뱀을 잡으러 간다고 하였다. 하루 종일 일하고 받는 일당이 350원인데 뱀 한 마리가 50원이라고 하면서 집집마다 장독대 곁에는 큰 항아리를 묻어 놓고 뱀을 잡아 그 안에 넣어 두었다가 열흘에 한 번씩 오는 뱀 장수에게 팔아 가계에 보태 쓴다고 했다. 계곡이나 산자락에 뱀이 많아 하루 두어 시간이면 보통 서너 마리를 잡을 수 있다고 하니 하루 일당 턱이었다. 그날 종호 아빠가 서로 싸우고 있는 독사를 잡으려다가 엄지를 물렸다고 했다. 독사를 손으로 잡을 때는 뱀 머리 바로 뒤쪽을 엄지와 검지로 힘껏 눌러 뱀 입이 쫙 벌어져야 물리지 않는다고 하는데 뱀 대가리 아래쪽을 느슨하게 잡는 바람에 뱀이 머리를 돌려 손가락을 물어버렸다고 했다. 독사가 아닌 뱀에 물리면 작은 이빨 자국 여러 개가 나타나지만 독사에 물리면 독이빨 자국 두 개만 보인다고 한다. 손목에 지혈대를 감고 독이빨 자국에서 나오는 피를 빨아내면서 집에서 안정을 취하면 잦아든다고 했다. 그러나 시간이 가도 부기가 빠지지 않아 결국 오후 버스로 춘천 시내 도립병원으로 가서 치료를 받았다고 한다. 뱀을 잡아 쉽게 돈을 벌 수 있다고 하지만 한 번 사고를 당하면 번 돈의 몇 배가 되는 치료비를 내야만 했다. 그러니 어찌 세상사가 쉽기만 하겠는가? 산골 살림살이는 그때나 지금이나 여전히 힘들기 마찬가지인 것 같았다.

밤이 되자 동네 어린이들이 앞마당에 모여 물뱀놀이를 하였다. 물뱀 한 마리를 잡아 뱀 머리 위에 불 붙은 소똥을 올려놓고 아이들이 둥글게 모인 가운데 물뱀을 놓아두면 처음에는 이리저리 도망갈 구멍을 찾다가 머리에 얹어놓은 소똥이 타 들어가 열을 받으면 긴 몸통의 삼분의 일쯤 머리를 똑바로 들고 사람을 공격해 온다. 아이들은 뱀이 직선으로 공격해 오면 살짝 몸을 피해 비켜서면 다시 돌아 다른 아이를 공격하고 아이들은 피해 비켜가고, 다시 뱀이 공격하는 물뱀놀이를 하며 놀았다. 물뱀에는 독이 없어서 물려도 괜찮다고 했다. 도시 아이들은 '스카이콩콩' 같은 놀이 기구를 가지고 놀던 시절, 강원도 산골 아이들이 하던 물뱀놀이는 신기하고 재미있었다. 도시 아이들처럼 혼자 노는 것이 아니라 함께 노는 놀이가 다른 사람을 존중하고 소중하게 여기는 공동체 의식을 심어주는 것 같았다.

다음날 아침 일어나 산채나물에 탕을 마시고 마루로 나오니 동네 어른들이 서서 한마디씩 한다. "박 주사가 잠을 자고 나온 방문 창호지가 구멍이 나지 않은 것이 이상하네. 아직 약발을 받지 않은 것인가?" 하면서 얼굴에 야릇한 웃음을 띠며 모여 있었다. 이상한 생각이 들어 물어보았더니 내가 아침에 마신 것이 닭탕이 아니고 사탕蛇蕩이라고 하였다. 그 말을 듣고 생각해 보니 사탕인 것 같았다. 닭탕을 먹을 때는 박하사탕 같은 것은 먹지 않기 때문이다. 아직 장가도 가지 않은 총각이 사탕을 마셨으니 그 효과가 대단하리라 하면서 동네 어른들이 놀렸던 것이다. 그 다음 날도 또 같은 탕이 나왔다. 이제 먹지 않을까 생각하였으나 과년한 처녀가 끓여주는 탕을 그대로 내보낸다면 얼마나 무안해할까 하는 생각과 함께 몸에도 좋다고 하니 마시기로 하였다. 이리하여 20여 일 동안 날마다 사탕을 받아 장복하게 되었다.

다음에 들은 이야기이지만 사탕을 만드는 일이 결코 쉬운 일이 아니라고 한다. 잘 끓인 후에 뱀 비늘이 국물에 들어가면 식도에 걸려 곤욕을 치르기 때문에 한지로 국물 위에 떠 있는 기름과 비늘을 정성껏 건어낸 다음에 내놓는다고 했다. 사실 사탕을 먹은 후로 몸에서 땀이 나지 않고 체력이 더욱 좋아진 것 같은 느낌을 받았다. 팔순이 가깝도록 살아오는 동안 건강하게 살아온 것이 이때 장복한 사탕 때문일지도 모른다는 생각도 든다.

그날 점심때 집으로 돌아오니 마루에 점심상이 놓여 있었다. 대충 먼지를 털고 손을 씻은 다음 점심상이 놓여 있는 마루 위에 앉자마자 불붙은 막대기가 엉덩이를 찌르는 것 같은 아픔이 전신으로 퍼져 나갔다. 너무 놀라 마루 위를 펄쩍펄쩍 뛰었다. 바로 곁에 있던 사람들이 "박 주사 엉덩이에 말벌이 침을 박고 있다"라고 하면서 맨손으로 벌을 잡아 벌침을 뽑아 주었다. 그 통증이 전신으로 번져 하늘이 노랗게 변했다. 한 시간쯤 고통에 시달리다가 쏘인 곳을 찬물로 씻어 내고 한참을 지나서야 점심을 먹을 수 있었다.

동네 어른들 말이 장수말벌은 독성이 매우 강해 머리나 얼굴 등을 쏘인 경우에는 죽는 사람도 있다고 했다. 장수말벌은 말벌 무리 중에서 가장 크고 힘이 세며, 집 처마 밑이나 바위 벼랑에 집을 짓고 새끼를 기른다고 한다. 말벌은 새끼를 정성껏 돌보는 것으로 유명하다고 했다. 일벌들은 한 세대가 지나면 집을 나와 죽게 되지만 여왕벌은 혼자 남아 나무껍질 밑에 방을 만들고 겨울을 지내고 이듬해 다시 알을 낳으며 새로운 개체군을 만든다고 한다. 『동의보감』에는 '노봉방露蜂房'이라는 말벌집은 해소, 천식에 효능이 있으며, 말벌과 더불어 애벌레도 건강에 좋다고 하여 식용으로 이용하고 있다고 한다. 어린 시절 외갓집에 갔다가 집에서 키우던 토종벌에 쏘인 적은 있으나 말벌에 쏘인 것은 이번이 처음이었다. 항상 무슨 일을 하거나 간에 주변을 잘 살피고 주의해야 하는데 주의력이 부족하고 성급해서 이런 낭패를 당하고 말았다.

남면 가정리 풀베기 작업도 20여 일이 지나 마무리할 수 있었다. 거기에서 생활하는 동안 몸에 좋다는 사탕도 장복하였고, 산골 아이들이 같이 하는 물뱀놀이도 재미있게 보았다. 뱀을 잡아 생활비에 보태며 살아가는 사람들의 모습도 신기했다. 항상 주의하지 않고 덤벙덤벙하는 성격 때문에 더운 한여름 마루 위에서 사색에 잠겨있는 장수말벌을 덥석 깔고 앉아 받았던 일침 공격의 아픔은 지금 생각해도 생 땀이 날 지경이다.

엊그제같이 생각되는 일들이 1968년도 일이었으니 벌써 반세기가 지난 이야기이다. 반세기가 지난 지금 나무를 심고 가꾸는 방법과 기술이 얼마나 많이 달라졌는지 궁금하다. 세월은 강물처럼 쉬지 않고 흘러간다고 했던가? 그때 함께 일을 했던 착한 마을 사람들이 불현듯 그리워진다.

뛰는 놈 위에 나는 놈

아침 일찍 브리지스톤石橋 오토바이에 올라탔다. 머리에는 금테 두른 경찰 모자 비슷한 산림보호주사 모자를 쓰고 낙원동 영림서 문을 나섰다. 사실 오늘은 춘천 영림서에 부임한 이래 가장 큰 사건을 처리하기 위해서 P 주사는 남면 강촌에 있는 구룡폭포로 도벌꾼을 잡으러 가는 길이었다. 어제 K 소장은 그곳에서 큰 도벌이 벌어지고 있으니 그 사람을 구속시키라는 지시를 내렸다. 시내를 빠져나와 의암호를 지나 구룡폭포까지 가는 길은 포장도로를 시원하게 달려 강촌역까지는 30분, 거기서 구룡폭포까지 20여 분이면 도착할 수 있는 거리였다.

구룡폭포는 관광지로 이름이 나 있어 청량리에서 춘천행 기차를 타고 1시간 30분 정도면 강촌역에 도착하였다. 여기서 산위로 걸어 올라가면 구룡폭포가 나왔다. 이곳은 사시사철 관광객이 붐비는 곳이다. 그 알토란같은 자리에 국유림을 도벌하여 십여 칸이 넘는 여인숙을 지어 놓고 영업을 하는 배포 큰 사람이 있다고 하는 정보를 가지고 현장으로 출동하는 것이다.

따스한 햇살이 살랑거리는 4월의 화창한 봄날, 이십대 중반의 젊은 청년, P 주사는 구룡폭포로 놀러가는 것이 아니라 죄인을 잡으러 가는 일이니 주변 아름다운 풍광이 눈에 들어올 리가 없었다. 바짝 긴장하여 현장에 도착한 P 주사는 불법으로 지어놓은 여인숙 집주인을 불러 조사를 하고 도벌죄로 구속하여 춘천 지검에 송치하였다.

도벌죄로 구속된 사람은 나이가 예순 정도 되어 보였으나 아직 건장한 사람이었다. 그는 일본 강점기 때 순사로 시작하여 해방이 되고 나서도 여전히 대한민국 경찰에 직을 가지고 있었던 뼛속까지 경찰인 사람이었다. 그는 정년하고 구룡폭포 옆 고향 마을로 귀향해 폭포 근처의 국유림에서 도벌한 목재를 가지고 여인숙을 지어 생활에 보태 쓰려고 사업을 시작하였다고 했다.

지금부터 50년이 넘은 1968년, 불법이 횡행하던 시절, 특히 산림 관계 공무원들은 범법자들을 알고도 모르는 척 두루뭉술 넘어가는 것이 흔한 일이었다. 춘천 관리소의 나이가 많은 직원들은 그런 사람을 건드리면 좋을 것 없다고 생각하여서인지 못 본 척 넘어가고 있었던 것이다. 그러던 중에 그 해 2월에 4급 을乙 산림보호주사보로 발령받아 서울서 내려온 새파랗게 젊은 P 주사에게 이 일을 맡긴 것이다. 사회 초년병인 그는 학교에서 배운 산림법대로 처리한다는 꿋꿋한 신념으로 그 지방의 거물을 앞뒤 보지도 않고 수갑을 채워 검찰청에 송치하였다. 직장 내에서는 큰일 했다고 칭찬도 받았다. 그러나 그 다음부터 해야 할 일이 하나 둘이 아니었다. 제일 먼저 도벌한 목재는 압수물건이 되어 극인(지름이 약 2cm 정도 되고 길이가 20cm쯤 되는 쇠로 만든 山자가 박힌 도장으로 목재에 한 번 찍히면 압수물건, 두 번 찍히면 반출물건)을 찍어 압수해 놓고 입찰에 부쳐 국고에 입금시키는 일이다. 마침 함께 일을 하던 임시 직원 L 씨가 집 헛간 고치는 데 쓰겠다고 하여 그 물건을 입찰 받아 현장에 천막으로 덮어 놓고 보관시켜 놓았다.

그 일이 있은 지 서너 달이 지난 후에 감옥에서 석방되어 나왔다는 K 전 순경이 자기 집으로 돌아가기 전에 영림서에 들러 P 주사 면회를 요청했다. 느린 걸음으로 천천히 사무실로 들어온 그는 P 주사 책상 앞에 서서 착 깔린 목소리로 "선량한 국민이 호구지책(입에 풀칠을 함)을 위해 나무 몇 대를 베었다고 감옥살이를 시키는데 백주 대낮에 산림을 지켜야 하는 산림 공무원이 도벌을 했다면 어찌 처리를 해야 되는지, 주사님 한번 말해 보시오." 하고 말을 던졌다. 그러면서 앞으로 일주일 내에 조선, 동아일보에 나오는 기사를 잘 살펴보기 바란다고 하면서 돌아갔다.

전혀 뜬금없는 이야기를 들은 P 주사는 무슨 뜻인지 알 수가 없어서 그 뒤 압수물건이 어찌 처리되었는지 입찰을 받은 임시 직원을 불러 물어보았다. L 씨는 "현장에 보관 중이던 압수물건을 동네 사람들이 다 가져가 버려, 산림 조합장을 시켜 그만한 물량을 국유림에서 베어서 쌓아 놓도록 하였습니다. 5월인가 언제 주사님과 같이 출장 가던 중에 주막에서 쉬었는데 술이 약한 주사님이 막걸리를 한 잔 마시고 잠든 사이 극인을 몰래 가지고 가서 베어놓은 나무에 찍어 압수물건으로 만들어 놓았다가 그 목재를 반출받아 집의 헛간을 고쳤습니다.”고 말하였다.

사실 이 마을은 K 전 순경 고향 마을이고 동네 사람들은 대부분이 자기 친척들이었으니 그 사실이 감옥에 들어가 있는 그에게 바로 전해지게 되었던 것이었다.

그는 감옥에서 나오자마자 P 주사에게 이 사실을 먼저 알려주고 곧 신문에 대서특필로 나올 터이니 각오를 단단히 하라는 엄포를 놓아 겁을 준 것이었다.

이 이야기를 듣고 어떻게 처리해야 될지 앞이 캄캄해진 P 주사는 그 일을 K 소장에게 보고하고 해결 방안을 물어보니 “그 일은 담당자가 책임을 져야 할 일이니 알아서 처리하라”고 하였다. 서울에 있는 대학에서 임학을 전공하여 학사, 석사 6년을 마치고 현장에 투입되어 처음으로 처리한 일이 엉키기 시작하니 망연자실할 수밖에 없었다. P 주사는 하는 수없이 검찰청에 있는 대학교 선배를 찾아가 자초지종을 말하고 어떻게 하면 좋을지 처리 방안을 물어보게 되었다. 그 선배 말이, “너무 서두르지 말고 좀 기다려 보라”고 하였다. 이 일은 이미 정해진 곳으로 흘러가고 있는데 세상 물정 모르는 새파란 초급 공무원이 이리저리 뛰어 돌아다닌다고 해결될 문제가 아니라는 것을 그는 이미 잘 알고 있었던 것이다.

일주일이 지나도 신문, 방송에 그런 이야기가 흘러나오지 않아 안절부절 못하고 있는데 K 전 순경이 다시 찾아왔다. 사무실 의자에 젊잖게 앉아 말하기를 "내가 곰곰이 생각해 보았는데 앞길이 창창한 젊은이를 매장시키는 것도 옳은 일이 아닌 것 같아 고민을 많이 했어요. 오늘 다시 온 것은 이 일을 좋은 방향으로 해결하는 것이 쌍방에 좋을 것 같아 한 가지 제안을 가지고 왔으니 검토해 주기 바랍니다. 나는 큰 죄도 아닌데 감옥살이를 했을 뿐만 아니라 엄청난 재산적 손해를 보았소. 육체적, 정신적 피해는 그만 두더라도 재산적 피해를 조금만 보상해 준다고 한다면 이 일은 묻어 두겠소."라고 말하였다.

순진한 P 주사는 "도대체 얼마나 보상을 해달란 말이요?" 하고 물으니 시멘트 한 트럭, 목재 세 트럭을 내어 놓으라고 말했다. 아마 자기가 손해 본 3배는 될 정도의 물량이었다. 그러나 무슨 말을 할 수가 있겠는가? 인생살이 경험이 없이 책상머리에만 앉아 있다가 세상에 나온 지 4~5개월밖에 되지 않는 P 주사는 결국 임시 직원에게 이 일이 해결되지 않으면 내 인생이 망가지게 생겼다고 다그쳐 결국 L 씨는 자기 논을 팔아 보상을 해주게 되었다.

산전수전 다 겪은 K 전 순경은 감옥에 들어가면서부터 현장에 보관 중이던 압수물건을 동네 사람들을 시켜 빼돌려 사용하도록 처음부터 계획을 세워 이 일을 도모했을지도 모를 일이었다. 그리고 나오자마자 보상받을 계획을 착착 진행시켰고 아무것도 모르는 P 주사와 임시 직원 L 씨는 아무 말도 못하고 논을 팔아 그 요구를 들어 주게 되었으니……

뛰는 놈 위에 나는 놈이 있다더니 역시 세상은 그리 만만하지 않았던 것이다.

땅만 보지 말고 하늘을 보라

어느 골동품 가게에 들렀더니 "최소한 50년 이상은 되어야 골동품 대접을 받을 수 있다."는 말을 하였다. 이 글 역시 50년이 넘었으니 고물이 다 된 이야깃거리라고 할 것 같아 글을 쓰면서도 주춤거려진다. 그래도 온고지신溫故知新이라는 말이 있으니 50년 전에 경험했던 일을 적어 보기로 한다.

1968년 무렵은 박정희 정권이 치산치수사업에 전력을 투입하던 시절로 산림청을 내무부로 소속시켜 나무를 심는 일뿐만 아니라 산림 보호 사업에도 중점을 두어 산림 보호직 공무원들에게 경찰에 준하는 사법권을 주던 때였다. 봄 조림 작업이 끝나고 신록이 우거진 5월쯤 있었던 일이다.

춘천시에서 동면으로 넘어가는 노루목 고갯길 일제 강점기에 심어 놓은 낙엽송림이 있었다. 잎갈나무라는 이름을 가진 낙엽송은 여름의 녹음과 가을의 노랗게 물든 낙엽도 보기 좋지만, 이른 봄에 작은 가지 끝에서 연초록색 새싹이 나오는 모습이 매우 아름다운 나무였다. 낙엽송에는 우리나라 북쪽 지방에 살고 있는 조선 낙엽송과 남쪽에 심어져 자라고 있는 일본 낙엽송 그리고 시베리아에 천연림을 이루고 있는 시베리아 낙엽송이 있다. 우리나라 남쪽에 자라고 있는 낙엽송은 대부분 일본 낙엽송이다. 노루목 낙엽송들은 식민지 수탈 과정과 한국 전쟁 중에도 용케 살아남은 귀한 자원이었다.

우리나라 산림은 일제 강점기, 태평양전쟁으로 심하게 황폐해진 데다가 한국전쟁이 벌어진 전쟁터는 수많은 폭격과 화염방사기로 산을 무차별적으로 불태웠기 때문에 살아남은 나무가 거의 없는 민둥산이었다. 일반 가정에서는 밥을 짓거나 난방을 위해 산에 있는 나무들을 베어 사용하여 산림은 더욱더 황폐해져 가던 시절이었다. 노루목 고갯마루 낙엽송림은 직경이 50cm가 넘는 대경목으로 영림서에서도 신경을 써서 보호, 관리하고 있던 지역이었다. 이러한 낙엽송림에서 도벌이 일어났다는 신고가 들어왔으니 영림서 전체에 초비상이 걸리게 되었다.

춘천 영림서에서 동면으로 넘어가는 노루목 고개까지는 오토바이로 얼마 걸리지 않는 곳이었다. 신고 받은 다음 날 아침에 노루목 고개 현장으로 출동하였다. 현장에 도착하여 낙엽송림을 둘러보았으나 여느 때와 다름없이 낙엽송들은 잘 자라고 있었다. 어디에도 도벌된 흔적이 보이지 않았다. 숲속은 아무 일이 없었던 것처럼 평화로웠다. 도대체 힘차게 자라고 있는 모든 나무들이 아무 탈 없이 보이는데 도벌이라니? 긴장했던 마음이 아무런 일이 일어나지 않았다는 안도감으로 스르르 풀렸다.

계절의 여왕이라는 5월 봄날 솟아난 새잎들이 아름답게 자라나고 있는 조용하고 포근한 숲속에서는 요한 슈트라우스의 '봄의 소리 왈츠'의 선율이 울려 퍼지는 것 같았다. 따스한 봄날 햇볕이 낙엽송 가지 사이로 들어온 풀밭은 포근하였다. 그 위에 앉았다가 편히 누워 5월의 푸른 하늘을 바라보았다. 누운 채로 하늘을 보다가 낙엽송 꼭대기를 보고 깜짝 놀라 벌떡 일어났다. 아니 이게 어찌된 일인가? 낙엽송의 키의 7부 이상이 모두 잘려나간 모습이 아닌가? 보통 도벌이라면 큰 나무의 밑둥치를 잘라 가져가는 것이 보통인데, 어떻게 나무 밑둥치를 멀쩡히 그대로 놔두고 나무 꼭대기만을 잘라가는 도벌이 일어났는지, 지금까지 보지도 듣지도 못한 희한한 일이 일어난 것이다.

망연자실하여 낙엽송 피해지에서 내려와 동네 산림조합장을 만나 자초지종을 듣게 되었다. 1968년 당시 우리나라는 잘 살아보자는 새마을운동이 일어나고 있었던 시기였다. 박정희 정권은 국가 3대 사업으로 경부고속도로, 서울 지하철 그리고 소양강댐 건설 사업을 시작하고 있을 때였다. 우리의 산림 사업도 치산치수의 기치를 높이 들고 온 국민이 일치단결하여 앞으로 앞으로 달려 나가기 시작할 때였다.

소양강댐은 춘천시 신북면에 건설되고 있었는데 이곳에 때 아닌 흙벽

돌 단칸방 집들이 우후죽순격으로 지어지고 있었다. 이 집들은 댐 건설 보상비를 받기 위해 지방에 사는 사람들뿐만 아니라 서울 사람들도 이곳까지 내려와 합세를 하고 있는 실정이라고 했다. 이때 가장 필요한 것은 기둥이나 문짝이 아니라 지붕을 만드는데 필요한 서까래였다. 그 때 집이란 우선 지붕이 만들어지면 사람이 사는 주택으로 간주하여 공권력도 함부로 헐어낼 수가 없었던 시절이었다. 여기에 지붕 서까래로, 직경이 10~15cm 정도 되는 나무를 잘라다 쓰기 위해 이렇게 특이하고 기묘한 도벌이 발생하고 있다고 귀띔해 주었다.

산림보호주사의 할 일은 도벌꾼을 잡는 일이었다. 지금처럼 곳곳에 CCTV 카메라가 설치되어 있던 시절도 아니어서 단서를 잡기가 어려웠었다. 동네 사람들에게 물어보아도 '가제는 게편'이라 동네 사람들은 무언가 알고 있어도 쉽사리 말해주지 않아 어떤 정보도 얻을 수가 없었다. 이 사건은 결국 도벌꾼을 잡지 못하게 되어 미제 사건으로 남겨지게 되었다.

지금 뒤돌아보면 그 당시 우리나라는 지금의 저소득 국가들보다 더 열악한 환경하에 있었고 인권이나 자유에 대한 갈구보다는 삶 자체를 지탱해 나가는 일이 더 시급했던 시기였다. 그 어려운 시기에 산림 복구의 역사적인 사명을 띠고 혼신의 힘을 다해 백두대간 준령을 넘나들면서 나무를 심고 가꾸고 보전하였던 산림 공무원들의 노고가 없었다면 오늘날과 같이 멋진 숲으로 둘러싸인 아름다운 산을 가질 수 있었겠는지 상상하기 어렵다.

　그 당시 우리나라 산림 축적은 10 입방미터에 불과하던 것이 2020년 165 입방미터가 되었으니 16배나 증가하였다. 세계 경제사에 반세기 만에 GNP가 300배로 증가한 나라가 없었으며 세계 산림 역사에서 이 짧은 기간 동안 산림 축적이 16배나 증가한 나라도 없었다. 2021년 세계 8대 선진국에 당당하게 입성하게 된 우리나라는 2010년 8월 제 33차 IUFRO 세계 산림 총회를 개최한 이래 2022년 5월에는 제 15차 세계 산림 총회를 개최하게 되었다. 50년 전 산림 빈국에서 이제는 당당히 산림 복지 국가의 대열에 들어서게 되었으니 이런 대한민국이 자랑스럽다.

부동산 '알박기'

　요즈음 온통 부동산 아파트들이 난리를 치고 있다. 1년 동안 하루도 쉬지 않고 오르고 올라 이제는 신경이 무디어져 가격에 대해 놀라움 보다는 아예 흥미를 잃고 말았다. 서울 반포에 있는 친구 아파트가 재개발 중인데 앞으로 1년 반 후면 준공이 된다고 했다. 지금은 용인에서 아파트를 전세로 사는데 전세값이 3억이 올라 이제 7억 5천이라고 하면서 너무 비싸 가격이 좀 더 저렴한 아래층으로 이사를 했더니 온몸에 몸살이 났다고 한다. 그래서 좀 기다리면 서울로 다시 이사해야 할 것 아닌가 하고 물어 보았더니 이사를 갈 수가 없다고 한다. 왜 그러냐고 하였더니 그 아파트가 45평 정도인데 가격이 70억이라고 하면서 은퇴한 지 20년이 가까운 지금 소유세나 종부세를 내면서 그곳에서 살 수가 없을 것이라고 한다. 그 집이 완성되면 팔고 서울을 떠나 살아야 할 것 같다고 한다. 올해 80 고개를 넘은 나이에 앞으로 얼마나 더 살지 모르겠지만 70억이 되든지 100억이 되든지 그것이 친구에게 어떤 의미가 있는 것인지? 밤잠이 오지 않는다고 했다. 그 친구는 어찌하면 세금을 좀 덜 내고 집을 처분할 수 있을지, 어떻게 하면 좀 편한 곳에 새 둥지를 만들어 살 수 있을까 하는 생각으로 고민이 태산이라 밤잠을 설친다고 한다. 70억 아파트가 집 주인에게 주는 선물이 불면증이라고 하니 쓴 웃음이 나온다.

우리나라 주거 문화가 언제부터 바뀌었을까? 서울 강남이 계획도시로 개발되고 아파트가 지어지기 시작한 1970년대 중반부터이다. 그 후 서울·지방 할 것 없이 일반 주거가 단독주택에서 아파트로 바뀌었으며 새로 지은 아파트는 더 좋은 재료와 더 좋은 디자인으로 만들어져 가격이 올라갔다. 대부분의 사람들은 주거에 대한 생각이 작은 아파트를 사서 살다가 돈을 모아 좀 크고 비싼 아파트로 이사하는 것이 일반 서민들의 부를 축적하는 방법이었다. 7, 80년대에는 직장에 따라 차이는 있지만 일반 월급쟁이들이 5, 6년 모으면 아파트를 사고 내 집을 가질 수 있었던 때였다.

1980년대를 지나 1990년대에는 대단지 아파트가 서울뿐만 아니라 지방 도시에도 대규모로 들어서기 시작하였다. 대단지로 조성되는 아파트 단지 안의 개인 소유 토지나 주택은 일괄 매입하여 단지를 만들고 아파트를 건설하였다. 그러나 높은 가격을 제시받고 일찍 파는 사람도 있었지만, 욕심 많은 사람들은 모든 이가 정리하고 떠난 뒤에도 땅을 팔지 않고 버티며 개발자의 애를 태웠다. 이들은 오래전부터 그곳에 거주했던 사람들이 아니라 개발 소식을 듣고 해당 지역의 땅이나 주택을 매입한 후 마지막까지 버티며 서너 배의 부당이익을 챙기는 경우가 많았다. 이를 '알박기'라 불렀다. 이러한 알박기는 재개발 지구에서도 문제가 되었고, 법적 조치로 일정 비율 이상의 주민 동의가 있으면 강제 철거할 수 있게 되었다. 이에 따라 최근엔 이러한 행태가 근절되었다.

1966년, 대일 청구권 자금을 받아낸 박정희 정권은 '잘 살아 보세'라는 새마을 사업의 기치를 높이 들고 국민 모두가 일치단결하여 밤낮 없이 일터로 나갔던 때였다. 독일 광부와 간호사, 미국 용병, 베트남 전쟁 등 돈이 되는 곳이라면 어디든 나가 일하고 싸웠다. 이렇게 벌어들인 자금으로 경부고속도로, 서울 지하철, 소양강 다목적 댐 같은 3대 국책사업을 시작했다. 이 사업들은 우리나라 산업 발전의 기반이 되어 오늘날 영광스러운 대한민국을 만드는 밑거름이 되었다.

소양강다목적댐은 우리나라에서 가장 큰 댐으로, 1967년 4월 15일에 착공되어 1973년 10월 15일에 완공되었다. 원래 설계는 콘크리트 중력식이었으며, 도쿄대 출신들로 구성된 일본공영의 작품이었다. 그러나 정주영 회장은 비용을 3분의 1로 줄이면서도 더 튼튼한 사력식 공법을 제안했었다. 일본 회사로부터 무식하다는 소리까지 들었지만, 공사비 절감을 염두에 둔 박정희 대통령은 정 회장의 의견을 받아들였다. 그리하여 1967년 2월 24일, 1차 공사는 현대건설로 확정되었다. 1968년이 되자 큰 물길이 돌려지고 주변에서 댐 건설의 윤곽이 드러나기 시작했다. 공사는 순조롭게 진행되고 있었다. 그러던 5월, 춘천영림서에 때아닌 불법 건축물 철거 작업 지시가 내려왔다. 댐 건설이 시작된 신북면 천전리는 국유림 지역인데, 이곳에 갑자기 서울에서 올라온 난민들이 하룻밤 사이에 수십 채의 흙벽돌집을 짓고 있다는 것이었다. 영림서 직원들은 국유림내에 불법으로 지어진 건출물을 철거하라는 지시를 받게 되었다.

그때만 해도 벌거벗은 산천이었지만, 봄이 한창이던 5월 말, 박 주사는 산림보호직 유니폼을 입고 머리에는 금줄로 장식된 모자를 쓴 채 브리지스톤 오토바이를 타고 현장으로 달려갔다. 신록이 우거지기 시작한 늦은 봄날, 자연은 어김없이 가난한 땅에도 따스하고 포근한 봄볕을 내리쬐고 있었다. 영림서에서 20여 분을 달려 현장에 도착했다. 언제 생겼는지 두세 달 전에는 보이지 않던 흙벽돌을 쌓아 올리고, 그 위에 나무 서까래로 엉성한 지붕을 얹은 집들이 여기저기 세워져 있었다. 나중에 알게 된 사실이지만, 지붕만 얹으면 사람이 사는 주택으로 분류되어 법원 명령 없이는 함부로 철거할 수 없다고 했다. 그래서 이들은 흙벽돌을 대충 쌓고 지붕부터 올린 집을 짓고 있었던 것이다.

오토바이에서 내려 첫 번째 집 앞에서 춘천 영림서에서 불법 건축물을 철거하러 나왔다고 고함을 질렀다. 거적문이 열리고 늙은 노인이 나와 아무 말 없이 같잖다는 표정으로 박 주사를 바라보면서 하는 말이 "이 집을 지어 이곳에서 죽을 때까지 살려고 하는데 무슨 상관이냐"라며 도리어 소리를 질렀다. 적반하장도 유분수지 나라의 명을 받고 불법 건축물을 철거하러 나온 공무원에게 사정해도 시원치 않을 판에 도리어 큰소리를 치다니 어이가 없는 일이었다. 이에 지지 않고 박 주사도 강력하게 대응하려고 한 발 앞으로 나섰다. 그때 난데없이 거적문을 열고 머리는 산발한 채 발가벗은 30대 여인이 한 손에 날이 시퍼렇게 선 낫을 들고 맨발로 뛰어나오면서 "집을 부수려거든 나부터 죽여라"고 악을 쓰며 덤벼들었다. 순간적으로 정신이 아찔해진 박 주사는 이게 무슨 일인지 감이 잡히지 않았고 곧바로 위기의식을 느껴 도망치듯 뒤로 물러났다. 그래도 쫓아오면서 고래고래 고함을 지르는 여자는 마치 미친 사람처럼 보였다. 스물여섯밖에 안 된 애송이 총각 영림서 직원 박 주사는 이런 상황에서 대응할 방법을 알지 못했다. 정신이 나간 채 영림서에 돌아와서야 겨우 진정이 되었다. 나중에 알고 보니 그곳에 와서 집을 짓는 사람들은 대부분 청량리 588 골목에서 몸을 팔던 여성들로, 인생의 막장에 다다른 그들은 두려울 것이 없는 사람들이었다고 했다. 아마도 누군가가 이들을 이용해 이런 일을 저지르게 하였다는 말도 있었다. 이들이 댐 건설 현장에서 보상을 받기 위해 했던 일은 소위 부동산 개발 '알박기'의 원조라고 할 수 있을 것이다.

오늘을 살고 있는 대한민국 대부분의 국민들에게는 '부자 되세요'라는 신년 인사말이 일반화되어 가고 있다. 젊은이들에게는 '은행 대출받아 아파트 사세요', '증권 사세요', '비트코인 사세요'라는 말이 유행어가 되었다. 아파트를 사고, 증권을 사서 부자가 되는 것은 우리가 살아가는 방법일 뿐인데, 마치 그것이 우리가 살아가는 목적인 것처럼 우리 사회를 병들어 가게 하고 있는 저급 자본주의 현실이 야속하고 부끄러웠다. 오늘날 우리나라가 선진국에 진입했다고 하지만, 오직 돈을 모으는 일에 혈안이 되어 있다면 선진 국민이 될 수 없을 것이며, 결코 행복할 수 없을 것이다.

이렇게 잘 살게 된 오늘날, 50년이 지난 그 시절을 생각해 보면 봄날 피어오르는 아지랑이처럼 아득한 추억 속에서 가물거릴 뿐이다.

사창리 덕고개 첫눈

눈은 사람들의 마음을 따스하게 해준다. 그래서 첫눈을 서설瑞雪이라고 하며 첫눈이 오는 날을 기억 속에 남겨두길 원한다. 1968년 10월 25일 화천 사창리에서 춘천으로 가는 저녁 8시 합승 버스(그 당시 미군 스리쿼터에 철판으로 지붕을 얹어서 만든 버스) 막차에 겨우 올라타 자리를 잡고 앉았다. 사창리까지 출장을 온 것도 김 소장의 닦달 때문에 마지못해 왔다가 맡은 일이 수월찮게 되어 사무실로 돌아가는 길이니 마음이 무겁게 내려앉아 있었다.

지난주부터 사창리 군부대에서 소나무 도벌 사건이 발생했다는 정보를 입수한 김 소장은 한껏 마음이 들떠 있는 것처럼 보였다. 사실 김 소장이 처음 춘천 관리소장으로 발령을 받고 쌍안경, 5만 분의 1 지도, 건빵, 음료수를 넣은 작은 배낭을 짊어지고 등산복 차림으로 혼자서 화천군 관내를 돌아보고 있었다. 마침 최전방 사창리 지역에 들어갔다가 군부대 방어 초소 사병에게 붙잡혀 간첩으로 오인 받아 그 부대에 감금되었다. 신분증마저 챙기지 않고 나선 길이었으니 행색이 영락없는 간첩이었다. 자백하라고 혹독한 고문까지 받고서야 겨우 풀려난 기억을 가지고 있는 김 소장이었다. 사람마다 정도의 차이는 있겠지만 이런 일을 당하고 나면 마음속에 응어리가 남아있을 것이며 무의식적으로 그것이 밖으로 표출되기도 했을 것이다. 그렇게 곤욕을 치렀던 군부대에서 도벌 사건이 발생하였다고 하니 '옳다! 잘 되었다.' 싶었는지도 모를 일이다.

소나무 도벌 사건을 조사하는 것은 공적인 일이지만 김 소장의 개인적인 감정까지 절묘하게 맞물린 '사창리 군부대 소나무 도벌 사건'의 조사를 내가 맡게 되었다. 오늘 아침 춘천에서 버스를 타고 오후 두 시쯤 사창리에 도착하여 소나무 도벌 사건 피의자로 지목된 사창리 군부대 우 대위를 만나서 사건 조서를 받고 이것저것 참고가 될 사항을 기록하여 막차를 타고 춘천 영림서 사무실로 돌아가는 길이었다.

사건 조서를 작성하기 위해 그가 살고 있는 가정집으로 찾아갔다. 피의자 우 대위는 수원 농고를 졸업하고 간부후보생을 지원하여 장교로 임관한 후 군인으로 직책을 열심히 잘 수행하여 이제 중대장 직을 맡아 이곳에서 근무하고 있었다. 처음 만난 우 대위는 활기가 넘치는 씩씩한 군인의 모습이 아니라 기력이 빠져 축 처진 전쟁에서 진 패잔병 같은 모습이었다. 그는 결혼한 지 3개월쯤 되었는데 이곳에서 신혼생활을 하고 있던 신부가 이런 삭막한 산골에서 혼자 살 수 없다고 짐을 싸서 친정으로 돌아가 버렸다고 한다. 20대 중반의 젊은 군인은 하늘이 무너진 것 같은 심정이 되어 몇 주 동안 우울증에 휩싸여 지내다가 느닷없이 주변

국유림에 있는 큰 소나무를 도벌하여 군부대 자동차에 실어 목상들에게 팔아, 부대원들과 함께 고기와 술을 먹으며 그 고통스러운 세월을 보내게 된 사실을 순순히 자백하였다. 실제 조서를 받는 중에도 잘못되었다는 생각이나 반성하는 기색이 전혀 없이 아주 담담하게 어떤 처벌이나 다 받겠다고 체념하고 있으니 할 말이 없었다. 한눈에 보아도 이미 삶에 대한 미련 같은 것을 던져버린 사람처럼 보였다. 우 대위를 조사하면서도 한편으로 안타까운 마음이 들었다.

군부대에서 발생한 소나무 도벌 사건은 초동 수사는 산림청 공무원이 할 수 있지만, 그 조서를 일괄하여 군부대 법무관실에 이관, 그곳의 지시를 받아 처리해야 하기 때문에 사건 처리 과정이 매우 복잡하고 어려웠다. 그래서 이런 일을 맡아서 하려고 하는 영림서 직원은 드물었다. 사실 아침에 이 사건을 조사하러 나올 적에는 피의자가 발뺌하거나 조사에 응하지 않으면 그런대로 조서를 꾸며 적당하게 보고하려고 왔었다. 그런데 반대로 사건 전말을 순순히 인정하고 나오니 이 사건을 맡아 처리하는 데 얼마나 많은 시간과 노력이 필요하게 될지 모른다는 답답한 마음으로 영림서로 돌아가는 길이었다. 같이 간 임시직원(사실 김 소장의 사설 정보원 격)과 함께 조사하였으니 달리 보고할 방도도 없는 일이었다.

사창리에서 춘천으로 가는 미니버스가 깜깜한 어둠 속 56번 국도 덕고개 마루를 내려오다가 끼익 소리를 내면서 멈춰 섰다. 같이 타고 있던 조수가 차에서 내려갔다 오더니 차에 큰 문제가 생겼다고 한다. 차 밑으로 들어가 고쳐야만 움직일 수 있다고 했다. 버스 안에 타고 있던 대여섯 명의 승객은 불안한 마음으로 버스가 빨리 고쳐지길 바랄 뿐이었다. 두어 시간이 지나 자정을 넘어서 버스가 고쳐져 출발하게 되었다. 버스가 고개를 내려오고 있을 때 깜깜한 하늘에서 하얀 눈이 내리더니 얼마 안되어 함박눈이 펑펑 쏟아지기 시작하였다. 흰 눈발이 자동차 헤드라이트에 반사되어 마치 하늘에서 내려온 흰나비떼가 군무를 하는 것처럼 보였다. 올 겨울 들어 처음 내리는 서설이었다.

그때 내리던 눈을 지금 다시 생각해 보면 영화 닥터 지바고에서 지바고가 시베리아 열차를 타고 유형지로 돌아갈 적에 휘몰아치던 눈보라 생각도 나고, 러브스토리에 나오는 사랑하던 두 사람이 대학 캠퍼스에 내린 흰 눈 위에 벌러덩 드러눕는 장면이 떠오르기도 한다. 한쪽은 유형의 길인데도 눈보라가 사람의 마음을 차갑게 만드는 것이 아니라 더 따스한 정다운 감흥을 전해 주었다. 또 러브스토리에 나온 눈은 그야말로 포근하고 안락한 사랑의 이미지를 그대로 전해 주었다.

눈의 속성은 따스하고 포근하고 사랑스러운 것인데 이날 덕고개에서 만난 함박눈은 나를 쓸쓸하고 외로운 느낌에 휩싸이게 하였다.

올 2월에 첫 발령을 받아 춘천 관리소에 근무하게 되었으며 10월 들어 8개월째 근무하는 동안 겪었던 많은 일이 주마등같이 머릿속을 스치고 지나갔다. 강촌 마을 국유림을 벌채하여 12칸 여인숙을 지은 전직 경찰관을 검거하여 죄값을 받게 했으며, 혼자 300헥타르에 달하는 조림 사업을 하였고 무더운 땡볕에서 거의 3주 동안 60헥타르에 달하는 조림지 풀베기 작업, 경기도 가평 사람들이 배를 타고 춘성군 남면으로 건너와 도벌한 나무를 배에 싣고 가는 현장을 목격하고 수영도 못하는 주제에 헛 용기만으로 빈 배를 잡아타고 추격하던 중 반격을 받아 죽을 뻔했다가 살아난 사건 등 8개월의 세월이 8년처럼 길고 지루하게 느껴졌던 영림서 생활이었다. 영림서에서 해야 할 일들이 성격에 맞지 않아서 날마다 애만 태우며 있었다. 10월에는 임업시험장으로 자리를 옮길 계획으로 산림청에 알아보던 중이었다. 그러나 기다리던 발령은 나지 않고 힘든 군부대에서 일어난 도벌 사건을 맡게 되었으니 서설이 내리는 날인데도 불구하고 내 마음속은 까맣게 타들어 가고 있었다.

고장 난 미니버스가 새벽 3시가 넘어서 춘천에 도착하였다. 하숙집까지 갈 수가 없어 숙직실에 들어가 잠시 눈을 붙이고 일어나니 아침 8시가 넘었다. 집무실로 들어가 보니 어제 산림청에서 온 발령장이 내 책상 위에 놓여 있었다. 수원에 있는 임목육종연구소 임업 연구사로 발령이 났다는 발령장이었다. 아니, 이럴 수가! 새벽에 내렸던 그 하얀 눈이 바로 나에겐 서설이었음을 발령장을 받고서야 느끼게 되었다. 그때 그 서설이 나에게 기쁜 소식을 알려주고 있었던 것인데 그것도 알지 못하고 무겁고 답답한 마음을 안고 있었다니......

출장 결과 보고서를 김 소장에게 제출하고 드디어 새 임지로 떠나게 되었다.

　그렇게 힘들게 느꼈던 8개월간의 영림서 생활을 청산하고 새로운 꿈을 찾아 수원 임목육종연구소로 옮겨온 날이 바로 1968년 10월 26일 사창리 덕고개에 서설이 내리던 날이었다. 지금 돌이켜 보면 공무원의 역할은 크게 달라진 것이 없는 것 같다. 마치 장기판의 졸이나 말처럼 장기를 두는 사람 손에 좌지우지되는 운명인 것을……

　그리 고생스럽다고 생각했던 8개월간의 영림서 생활은 내 나이 80이 넘어 돌아다보니 그때가 그토록 아름다운 시절이었던 것을 이제야 알게 되었다. 아~ 그리운 덕고개 서설이여, 보고 싶은 그리운 사람들이여……

녹색혁명의 산실 임목육종연구소

사람들은 흔히 말하기를 비교하며 살지 말라고 한다. 비교하며 사는 것은 삶을 매우 힘들게 하기 때문이다. 그러나 아무리 비교하지 않으려 애써도 그것은 쉽지 않다. 우리 삶 자체가 사람과 사람의 연결고리 속에 있기 때문에 자신도 모르게 비교하며 살아간다. 비교하며 행복을 느끼기도 하고 슬픔을 느끼기도 한다.

인생의 첫걸음을 서울 영림서 춘천 관리소에서 8개월을 지내면서 겪었던 일들이 나에게는 팔 년간의 무게로 남아있었다. 몇백 헥타르에 조림을 하고 수십 헥타르 풀베기 작업을 했으며 국유림을 도벌한 범법자를 검거하고 그 후폭풍에 마음고생을 얼마나 했던가? 그리고 마지막 현역 장교를 도벌 혐의로 조사하면서 느꼈던 답답함에서 풀려나 '첫눈 내린 시월의 끝자락' 임목육종연구소로 발령이 난 것이다.

긴 장마가 끝나고 하루아침에 푸른 하늘을 바라보는 듯한 임목육종

연구소의 첫 출근길은 즐거움과 행복감에 들떠 있었다.

서울에서 통근열차를 타고 수원역에 내려 출근 버스에 올라 30여 분간을 달려 오목리에 있는 연구소에 도착하였다. '임목육종연구소'라고 적힌 간판이 걸린 입구에 들어서면 30여 명의 직원들이 버스에서 내려 소속 부서로 향했다.

임목육종연구소는 1955년 서울대 H 박사 연구실에서 시작되었다. 칠보산 자락 오목리에 자리 잡고 있었다. 이 연구소에서는 리기다소나무와 테다소나무를 인공 교배하여 F_1 잡종 리기테다소나무를 만드는 작업이 한창이던 때였다. 리기테다소나무는 1950년대 미국으로 유학 간 H 박사가 플로리다 주에 있는 프리사빌 국립임목육종연구소에서 소나무 종간 교잡 연구를 하던 중에 육종한 신품종이었다. 추운 곳에서도 자라지만 재질이 나쁘고 생장도 좋지 않은 리기다소나무에 비해 생장도 좋고 재질도 좋으나 추위에 약한 테다소나무를 인공 교배하여 재질도 좋고 추운 지방에서도 자랄 수 있는 리기테다소나무를 육종해 낸 것은 세계적으로 인정받은 쾌거였었다.

1955년 전국적으로 리기테다소나무를 심으려는 움직임이 시작되었다. 박정희 군사 정권이 들어서면서 치산치수에 전력을 기울이던 정부 정책과 맞물려 임목육종연구소는 특별한 지원을 받으며 성장해 가고 있었다. 1960년대 초부터 스웨덴 다음 두 번째로 채종원 사업을 시작하게 되었다. 1968년 발령받았던 해에는 우리나라 임업 분야 연구소 중 최고의 위치에 있었다.

H 박사는 우리나라 산림녹화 사업을 진두지휘하던 박정희 대통령의 자문 역을 맡고 있었다. 1960년대 초 속성수로 도입된 이태리 포플러는 수분이 많은 곳에 잘 자랐으나 수분이 부족한 고지대에서는 잘 자라지 못하는 단점이 있었다. H 박사는 은사시나무에 수원사시나무를 교배시켜 산지용 개량 포플러인 은수원사시나무를 육종하였다. 은수원사시나무 중 생장이 우수한 20개의 우량 클론을 선발하여 전국적으로 식재하였으며 이로 인해 정부의 신뢰는 더욱 두터워졌다.

연구소 입구에 들어서면 보이는 길이가 30여 미터 되는 단층짜리 건물이 서 있고 서쪽에 미국의 원조를 받아 지은 콘셉트 건물 한 동이 있었다. 1층 건물에는 소장실, 행정실, 육종과, 식생과가 있었으며 콘셉트에는 원종과가 있었다. 소장실에 들어가 세 분의 과장님들께 초면 인사를 드리고 육종과 K 과장을 따라 내가 있을 연구실로 들어왔다.

머리를 스포츠형으로 높이 쳐 올린 40대 초반의 K 과장은 첫눈에 예리해 보였다. 육종과 직원들과 인사를 마치고 자기 방에서 흑백 사진으로 찍은 논문 자료들을 한 아름 가져와 이것을 번역하라고 하였다. 오자마자 방향 감각도 없는 나에게 이런 일을 시키다니 당혹스러웠다.

그러나 춘천 관리소에서 해왔던 일과는 달리 내가 좋아하는 일이었다. 사실 이 일을 육종과 직원들에게 지시했으나 지지부진하던 참이었다. 연말까지 해놓으라는 명령이었다. 이제 겨우 두 달 정도밖에 남아 있지 않은 기간이었다. 마음을 단단히 먹고 서울 집으로 올라가지 않고 그 추운 연구실에서 밤낮으로 번역을 하였다. K 과장은 그때 아까시나무 배수체에 대한 박사 학위 논문을 준비하고 있던 때였다. 주요 논문은 헝가리나 불가리아 등 아까시나무를 주 수종으로 이용하고 있던 동구권 국가들에서 나온 논문들이었다. 잘 모르는 전공 단어를 사전을 찾아 억지로 끼워 맞춰 엉터리 번역이었지만 기한 안에 끝마쳤다.

K 과장은 나의 노력에 칭찬을 아끼지 않았다. 연구소에 처음부터 근무하던 직원들은 연구소 일이 얼마나 쉽고 안정된 것인지 모르고 있는 것 같았다. 월급이 적다고 불평하고 일이 많다고 불평하는 직원도 있었다. 그러나 나에겐 그런 불평이 매우 사치스러워 보였다. 영림서에서 근무하면 돈을 많이 번다는 소문이 자자했지만 그것은 사실이 아니었다. 연구소에서는 벌채를 부탁하거나 임목 통관 업무 같은 민원 업무가 없어 마음 편히 근무할 수 있었다.

12월이 되면서 연구소는 매우 바빠졌다. 일 년 동안 시행했던 연구 성과를 발표해야 하기 때문이었다. 방마다 기계계산기(손잡이를 뺑뺑 돌려가면서 숫자를 맞춰 계산하는 기계식 계산기) 돌아가는 소리가 음악처럼 쉬지 않고 들렸다. 나는 연구를 한 것이 없어 한가하게 그들의 모습들을 지켜보고 있었다. 퇴근 버스를 타지 못하고 늦게까지 근무를 하다가 차가운 겨울바람이 부는 오목리 논길을 걸어 시내버스를 타고 집으로 가는 것이 매일 계속되었다. 그러나 그때 그 청년들은 즐겁고 행복해 보였다. 다들 20대 초중반의 미혼의 청춘 남녀들이었다.

한 해 연구 성과 발표회가 무사히 끝나고 새해가 되자 이제 올해 진행할 연구 계획서 발표가 기다리고 있었다. K 과장은 나에게 '송충이 저항성 소나무 개발 연구'라는 과제를 주었다. 그 과제에 대한 계획서를 작성했다. 우선 소나무 속 수종 간 송충이에 대한 저항성을 조사하는 실험을 했다.

우리나라에 자생하거나 도입된 소나무, 해송, 리기다, 리기테다, 잣나무 등 다섯 수종의 가지를 20cm로 잘라 2 x 3m의 모기장을 친 상자 안에 소나무 가지를 무작위로 배치하고 산에서 잡아온 송충이를 하루 동안 굶긴 후 100마리씩 풀어놓고 2시간 간격으로 어떤 수종의 소나무 잎에 붙어있는지를 조사했다. 지금 생각하면 웃음이 나올 만한 실험이었으나 그해 5월 한 달은 날마다 열심히 조사하고 기록했다. 그 결과 송충이가 가장 좋아하는 수종은 소나무로 나타났다. 그러나 송충이와 소나무 간의 기호성 문제는 특별한 결론을 도출하기 어려웠다. 사람으로 치면 소나무는 쌀밥이고 리기다소나무는 보리밥쯤 될 텐데, 두 개 중 골라 먹으라고 한다면 누구나 쌀밥을 먹겠지만, 쌀밥이 없을 때는 주저하지 않고 보리밥을 먹게 될 것이기 때문이었다.

연구하던 중 5월의 어느 날, K 과장이 나를 불러 일본에 갈 기회가 생겼다고 전해 주었다. 사실 대학원을 다닐 적에 미국 유학을 준비하고 있었고 1967년에 유학 시험에서 영어, 상식과 논문 등에서는 합격하였으나 내가 가장 자신 있다고 생각했던 국사에서 낙제하여 이제 국사 공부를 다시 해서 시험을 보려고 준비 중이었다. 대학원을 졸업하고 1968년 춘천관리소 발령을 받아 근무하고 있을 때에도 매주 토요일 경춘선 기차를 타고 종로 유학학원에 다니고 있었다. 임목육종연구소로 발령을 받아 와서도 미국 유학 갈 계획을 추진하고 있었던 때였다. 그런데 K 과장이 "H 박사님이 일본육종학 회장 사카이 박사로부터 일본 국립유전학연구소 응용유전부에 포스닥을 할 한국 연구원 한 사람을 보내달라고 했다"는 것이다.

Post-Doc.은 박사 후 과정으로 박사 학위를 취득한 사람이어야 자격이 주어졌다. 그러나 그때 임목 육종 분야 연구원 중에는 박사 학위를 취득한 사람이 없었다. 그때 H 박사 연구실에 박사학위 논문을 준비 중인 사람이 있었으나 박사 학위를 먼저 따겠다고 하여 그분을 보낼 수 없었다. 그때 연구소 직원 중에 석사 학위를 가진 사람이 나밖에 없었다. 김 과장이 나를 추천했던 것이다. 그때 마음을 바꾸지 않고 내가 준비했던 미국행으로 밀고 나갔어야 했는데, 하는 아쉬움이 남아있다. 지금 생각해 보면 쉬운 길을 선택했던 것 같았다. 일본에 가기로 결정하고 수속 절차를 밟게 되었다.

1969년 10월까지 일본 국립 유전학 연구소에 도착해야 한다고 했다.

미국에 간다고 영어 공부는 조금 했지만, 일본어는 전혀 모르는 상태인데 시간 여유가 없어 일본어 학원에 다닐 수 없었다. K 과장은 수원역 앞에 방 두 칸짜리 전셋집에 살고 있었다. 그곳으로 나를 불러 함께 지내며 직접 일본어를 가르쳐주었다. "오하이오, 곤방와, 아리가도우 고자이마스……" 밥상을 앞에 놓고 지도해 주었다.

그 당시 외국 유학은 결코 쉬운 일이 아니었다. 가난한 우리나라에서는 외화 한 푼이라도 절약해야 했다. 그래서 해외 유학을 하려면 장학금을 받아야 하며, 장학금을 받았더라도 외무부에서 주관하는 유학 시험에 합격해야만 했다. 6월부터 시작한 수속이 마무리되던 8월, 외무부로부터 일본어 시험에 반드시 통과해야 한다는 통보를 받았다. 아~, 가기 어렵다고 체념하고 있었는데, 하늘의 도우심일까? 미국 유학 시험의 영어 과목에 이미 합격했기에, 그것으로 일본어 시험을 면제받게 된 것이다.

그리고 모든 절차가 완료되어 이제 10월 중에 일본 국립 유전학연구소로 떠나게 되었다. H 박사님께서 수원 고등동 집에서 일주일 동안 머물게 하시며 일본의 풍습과 일본어에 대한 교육을 시켜주었다. 지금 생각해 보면 이 두 분이 나에게 베풀어 준 사랑은 그 무엇으로도 보답할 수 없는 값진 것이었다. 아마도 그 분들이 나에게 바랬던 것은 우리나라 임목육종학의 발전을 위해 큰일을 하라는 의미였을 것이다. 그러나 그 두 분은 이미 세상을 떠나신 지금, 아무것도 이루지 못한 채 살아가고 있는 내 자신이 미안하고 죄송할 뿐이다.

여러분들의 배려 덕분에 1969년 9월 13일 외무부에서 관용 여권을 발급받아 1969년 10월 22일 김포공항을 출발하였다. 임목육종연구소의 K 과장과 동료 직원들의 환송을 받으며 김포공항에서 일본 하네다공항행 비행기에 올랐다. 임목육종연구소에 1968년 10월 26일 발령을 받고, 딱 1년만인 10월 22일 영광스럽게도 Post-Doc 자격으로 일본 국립유전학 연구소로 출국하게 되었다.

2

인봉의 신선송

고산서당의 느티나무

고산에 위치한 매호천은 '고향의 강' 사업으로 정비되어 깨끗한 물이 흐르게 되었다. 대구 수성구 삼덕동 월드컵대로에서 매호동 남천과 합류하는 지점까지 약 4.5km 구간에 걸쳐 홍수 예방과 지역 주민들을 위한 쾌적한 산책로로 조성되었다. 요즘 매호천은 깨끗한 물이 흐르는 자연 하천으로 복원되어 청둥오리, 왜가리, 백로, 원앙 등이 찾아와 이곳 주민들에게 평온한 휴식처를 제공하고 있다.

경산 남천은 고산서당 앞을 지나 서쪽에서 내려오는 매호천과 합류하여 금호강으로 흘러 들어간다. 세 개의 강줄기가 모이는 이곳은 물길이 열려 있어 고산서당이 세워졌다고 한다. 넓은 고산들 중앙에 위치한 성산 북쪽 끝자락에 자리 잡은 고산 서당은 사방이 트여 있어 시원한 전망을 자랑한다. 그런데 최근 신설된 영천, 포항 및 부산행 KTX 철도가 사방으로 뻗어 있어 매우 어수선해졌다. 기찻길이나 전선, 높은 아파트 단지가 없던 시절에는 금호강 건너편 안심 초례봉과 그 너머 팔공산 스카이라인이 한눈에 들어왔을 것이다. 옛 자연경관이 온전히 보존되었던 때에는 더욱 아름다웠을 것이다.

안내판에는 '고산서당은 1560년경에 제실로 세워져 퇴계 선생과 우복 정경세 선생이 이곳에서 강독하셨다. 임진왜란으로 소실되었다가 1690년(숙종 16년)에 이곳에 서원을 세워 퇴계와 우복선생 두 분의 위패를 모신 사당을 지은 뒤 고산서원으로 그 이름을 바꿨다. 1868년(고종 5년) 서원이 훼철된 후 1879년 고산서당으로 복원하여 1901년 고산서당으로 강학을 결성하게 되었다.'라고 하였다. 최근 들어 고산서당 묘우 숭현사崇賢祠를 복원하고 동고 서사선 선생을 모시어 퇴계, 우복과 함께 세 분을 봉헌하고 있다. 세월 따라 제실에서 서원으로 다시 서당으로 복원되어 오늘에 이르고 있는 것이 고산서당이다.

고산서원 주변의 아름다운 옛 풍광을 묘사한 시가 있다. 1923년에 고산서당을 중수할 때 도청都廳이라는 직책을 맡아 활약한 서석보徐錫輔(1850~?)가 지은 고산서당팔경孤山書堂八景이다.

서석보의 고산서당팔경은 제1경 북악청람北嶽靑嵐, 제2경 남계만하南溪晩霞, 제3경 금호어박錦湖漁舶, 제4경 우산목적牛山木笛, 제5경 능소유어菱沼遊魚, 제6경 류제신앵柳堤新鶯, 제7경 창애노백蒼崖老柏, 제8경 평사몽구平沙夢鷗이다. 그중에서 오늘날 풍경 중에 비슷하게 남아 있는 것이 제1경 '북악청람, 팔공산의 푸른 산기운'이다.

제1경 팔공산의 푸른 산 기운

아침 내내 푸른 산 기운 하늘 높이 드리우고
무슨 일로 누가 멋지게 비단을 펼쳤던가?
우거진 산봉우리 연이어 치솟아 있으니,
가는 티끌 날아와도 중간에서 사라지네.

유서 깊은 고산서당은 2020년 복원되었으나 채 2년이 되기 전인 2021년 12월 20일, 원인을 알 수 없는 화재로 인해 강당이 소실되고 말았다. 강당 출입문, 서문과 묘우 숭현사, 그리고 강당 뒤쪽에 보호수로 지정된 느티나무 두 그루는 다행히 화마를 면했다.

향토수종 중 느티나무는 나이가 들어도 활력을 잃지 않고 우리나라 어디에서나 잘 자란다. 동네 어귀에 심어진 오래된 느티나무는 대부분 당산목으로 대접받고 있다. '느티'라는 이름은 한자에서 왔다고 하는 사람들도 있지만, '느티', 즉 '늦게 태가 나는 나무'라는 뜻에서 나온 이름이다. 최소한 200년쯤 되어야 우람차고 아늑하고 편안한 느낌을 주는 그늘을 만들고, 그 아래서 망중한을 즐기는 마을 사람들이 찾아와 쉴 수 있기 때문이다.

느티나무를 우리나라에서는 괴목槐木이라고도 하는데, 중국에서는 괴목은 회화나무를 가리키고, 느티는 거목欅木이라 한다. 중국에서 가져온 나무 이름들이 우리나라에 잘못 전해진 경우가 많이 있는데, 회화나무와 느티나무도 그중 하나이다. 중국에서는 느티나무에 괴槐자를 사용하지 않았으며, 괴槐자는 회화나무에만 사용한 글자이다. 정태현의『한국 수목도감』(해방 이후 처음으로 간행된 수목도감)은 느티나무를 괴목槐木, 거목欅木, 규목槻木이라고 설명하고 있다. 그것은 광복 이후 우리나라에서 느티나무를 괴목槐木이라고 사용하고 있었기 때문에 그렇게 표기한 것이라고 생각된다. 우리나라에서는 괴목槐木이라고 하면 느티나무나 또는 회화나무를 지칭하고 있다. 그러나 중국의 문헌이나 고증에서 나오는 괴목槐木은 느티라고 하면 잘못된 것이고, 그것은 회화나무로 번역해야 할 것이다.

지난 화마에 살아남은 이 두 그루의 느티나무 앞에는 '보호수'라 적힌 철판에 아래와 같은 내용이 적혀 있다.

수종: 느티나무

수령: 300년

수고·둘레: 10m, 1.5-3.0m

지정 번호: 6-9 (2003. 01. 16)

소재지: 송동로 37길 39-3 (성동 172)

나무 이야기: 이황 선생이 고산서원을 방문하여 편액을 '고산(孤山)'으로, 문액은 '구도(求道)'라고 지어주고 직접 나무를 심었기 때문에 '이황 나무'로, 정경세 선생이 대구부사로 있을 때 이곳에서 강학을

베풀어준 데서 '정경세 나무'로 명명되었다.

관리자: 수성구청 공원녹지과

대구광역시 수성구청

이 간판에 적힌 내용 중 '이황 선생이 직접 나무를 심었다고 했는데 수령은 300년'으로 적혀 있는 부분은 이해하기 어려웠다. 퇴계 선생은 1501년에 태어나 1570년에 돌아가셨으므로, 말년에 이곳을 방문했다고 하더라도 450년 이전의 일이니, 느티나무의 수령은 적어도 450년 이상이라고 봐야 한다. 또한, 우복선생은 1563년에 태어나 1633년에 돌아가셨으며, 1607년에 대구 부사로 부임하여 이곳에서 강학을 했다면, 그 역시 400년 전의 일이다. 따라서 두 느티나무에 대한 정확한 역사적 내용과 그에 따른 수령 표시를 다시 한 번 고려해야 할 필요가 있다. 아울러, 나무 안내판에 적힌 '이황 선생이 고산서원을 방문해 직접 나무를 심었다'라는 내용에 대해서도, 퇴계 선생의 연보를 살펴보면 사실인지 아닌지를 쉽게 확인할 수 있을 것이다.

'매호천 어울림 마당' 소공원에 세워진 '수성구 교육 명당 고산서당의 두 성현'이라는 안내판에는 '고산서당에는 퇴계 이황 선생이 이곳에서 강학한 것과, 우복 정경세 선생이 이곳에서 강학한 것을 기념하기 위해 심은 보호수가 있다. 수령이 약 300년 정도 된 두 느티나무는 각각 '이황 나무'와 '정경세 나무'로 불린다.'라고 적혀 있다. 이 나무는 이황 선생이 직접 심은 것이 아니라, 두 선생을 기념하기 위해 심어 놓은 나무라는 것이다. 같은 지자체에서 같은 문화재에 대해 만든 안내판의 내용이 서로 다른 것도 이해하기 어렵다. 앞뒤가 맞도록 정비가 잘되어야 할 것이다.

고산서당이 건립된 1879년부터 1965년까지 고산서당 강학계에 이름을 올린 사람이 600여 명이나 된다고 하니, 고산서당이 경산 지역에서 유림들의 강학 중심지 역할을 했다는 것을 알 수 있다. 이러한 유서 깊은 서당을 다시 복원하여 지역 문화의 산실이 되기를 바라며, 확실한 자료를 근거로 고산서원의 역사가 정리되기를 기대한다.

달성공원 서침徐沈나무

　달성공원에는 '서침나무'가 있다. 서침나무는 나무 이름이 아니라, 서침徐沈이라는 분을 기념하기 위해 심은 회화나무를 말한다. 달성공원은 삼한시대에 부족국가를 이루었던 달구벌의 성터였다. 고려 중엽 이후 달성 서 씨의 세거지가 되었는데, 세종대왕이 군사 요새로 필요하다고 요구하여 서 씨 일문이 헌납하여 국유로 귀속된 곳이다. 세종대왕은 달성을 국가가 가져가는 대신 환지하는 정책을 수립하고, 몽리토지蒙利土地에 조세 수취권과 남산고역南山古驛과 동산 일대의 땅을 하사하겠다고 약속했지만, 문중의 대표였던 서침은 "이 나라의 모든 것이 국왕의 땅이거늘 국가 시책에 따라 땅을 바친다고 어찌 신 혼자만이 부귀를 바라겠습니까?"라고 사양하였다. 그리고는 대구 부민이 그 은혜를 고르게 입었으면 좋겠다고 말하며 대구 지방의 환곡還穀 이자를 감해 주시기를 상소하였다. 이를 임금께서 받아들여 달성에 거주하는 백성들이 환곡 이자를 감면받았고, 그것이 조선말까지 이어졌다. 대구 유림은 현종 6년(1665) 연구산에 구암서원의 전신인 숭현사를 세우고 구계龜溪 서침 선생을 주향으로 모셨으며, 선생의 사람을 사랑하는 넓은 마음을 기리기 위해 달구벌 성터에 회화나무를 심고 그 이름을 '서침나무'로 부르게 되었다.

우리나라에서 몸집이 크고 키가 높이 자라는 나무로는 은행나무, 느티나무, 팽나무, 왕버들뿐만 아니라 회화나무도 있다. 회화나무는 느티나무에 버금갈 만큼 크게 자라나 때로는 당산목이 되어 많은 곳에서 사람들로부터 섬김의 대상이 되기도 한다.

회화나무는 호탕하며 무게가 있고 깨끗하며 조화로운 위엄이 있는 나무다. 잎 모양이 아까시나무를 닮아 나이가 어릴 적에는 가끔 혼동할 때도 있다. 꽃은 적은 편이지만 한여름에 하얗게 피는 꽃은 밀원 자원이 된다. 회화나무는 당당한 용모처럼 국가와 민족을 위해 일할 수 있는 큰 인재가 배출된다고 하여 선비 마을에 많이 심었다. 중국에서는 회화나무를 학자수學者樹라 부르며, 유럽에서도 scholar tree라고 부른다. 학자수란 나무줄기 자체가 저마다 제멋대로 뻗어나가 학자의 성품을 닮았다고 하여 붙여진 이름이다. 회화나무 꽃에는 루틴이란 성분이 많아 고혈압 예방약이나 지혈제 등으로 사용되며, 이 나무에서 나는 버섯은 괴이槐耳, 괴아槐蛾, 또는 괴균槐菌이라고 하며 약품 원료로 사용된다. 회화나무의 꽃은 쌀을 닮았다고 하여 괴미槐米라고 하며, 괴미나무, 괴화나무라고도 부른다. 꽃뿐만 아니라 열매도 강장제로 사용하며, 수액은 괴교槐膠라고 하는데 신경계통의 마비를 고치는 약제로 사용한다. 열매는

괴각槐角, 괴관槐串이라고 하며 역시 약재로 사용한다. 공간이 넓은 곳에 정원수나 공원수로 심으면 높이 30m, 직경 2m에 달하는 대경목이 된다. 민속에서는 귀신을 막아주는 나무로도 알려져 있다.

회화나무 원산지인 중국에는 여러 곳에 많이 심어져 있으며 노거수로 자라고 있다. 중국에서는 회화나무에만 '괴槐'자를 사용하지만, 우리나라에서는 느티나무에도 '괴槐'자를 혼용하고 있다. 중국에서는 느티나무는 '거欅'자를 쓴다. 그러므로 중국 글을 번역할 때는 문맥을 주의 깊게 살펴 정확하게 기재해야 한다. 회화나무의 이름은 '槐'의 중국 발음 "화이"에서 온 것으로 추정하고 있다. 중국의 옛 시에도 회화나무가 많이 등장하고 있다. 다음은 송나라 당송팔대가 중 한 사람 소동파의 「계음당溪陰堂」이란 시이다.

그늘진 계곡정자에서 - 소식蘇軾

맑은 물 가득하니 때맞춰 백로 한 쌍 내려앉고
짙푸른 회화나무 꼭대기에선 매미가 우는구나.
술에서 깨어 바깥을 보니 해는 중천에 떠 있고
누워서 바라보니 개울 건너 넓은 밭은 어느덧 무성하구나.

차분하고 평안한 분위기다. 작가는 태평한 마음으로 자연과 함께 하고 있다. 회화나무는 이러한 평화로운 풍광에 잘 어울리는 나무로, 서침의 넓은 마음과도 잘 어울린다. 달구벌 성터에는 세종대왕때 상주에 있던 경상감영을 이주하였으며, 청일전쟁 때는 일본 군인들의 주둔지로 이용되었다. 1905년 러일전쟁에서 승리한 일본은 대한 제국을 식민지화하기 위한 본격적인 작전에 돌입했다. 달구벌 성터를 공원으로 바꾸는 것은 1592년 임진왜란 때 무혈 입성한 대구에 고대 일본 신무 천왕의 '팔굉일우八紘一宇'라는 화혼和魂을 차시환혼借屍還魂 하자는 정책을 달성하기 위한 것이었다. 이곳에 신사를 지어 조선인들에게 '야마토' 정신을 주입하여 한민족 정신을 말살하려는 식민지 정책의 일환이었다. 대구·영남의 모든 학생들과 노동자·시민들은 신사 참배가 의무화되었으며, 한민족 정기는 점점 쇠퇴하게 되었다. 1945년 우리 힘이 아닌 연합국의 승리로 꿈에도 그리던 광복을 맞이하게 되었다. 그러나 국토는 남북으로 갈라졌으며, 남쪽은 3년간의 미군정 지배를 받다가 1948년 8월 15일 대한민국이 탄생했다. 바로 그해 대구 유림에서는 서거정이 대구 십경을 노래한 후 400년이 지나 풍광이 많이 변했으나 새로운 노래가 나오지 않은 것을 안타깝게 여겨 아름다운 대구 8경을 선정했다(제1경 달성청람達城晴嵐, 제2경 남산춘색南山春色, 제3경 금호어적琴湖漁笛, 제4경 용산귀운龍山歸雲, 제5경 신천제월新川霽月, 제6경 동사모종桐寺暮鐘, 제7경 영지추련靈池秋蓮, 제8경 고야화진古野禾黍). 대구 향교를 출입했던 182명의 선비들에게 통문을 돌려 칠언 절구 1,456수를 취합하였다. 민족상잔의 한국전쟁 중이던 1951년에 『대구팔경 한시집』이 만들어져 참가자들에게 나누어 주었다. 최근 남평 문씨 문석기 소장본이 발견되어 '팔공산 문화포럼'에서 국역하여 상권 87명의 696수(學而社, 2015)가 발간되었으나,

나머지 95명의 760수는 아직 발간 예정으로 남아 있다.

그 가운데 제1경은 '달성 청람達城晴嵐'이다. 압운은 원園, 존存, 흔痕으로 〈달성의 아름다운 정경〉 시를 둘러보았다. 운자가 정해져 있기도 하지만, 대부분의 시풍은 공원이 아름답다거나 건물과 숲이 잘 조성되어 남기嵐氣가 넘친다는 등 거의 비슷비슷한 내용들이었다. 달성공원이 만들어지게 된 일인들의 음흉한 뜻을 알고 있던 유학자는 한 명도 없었단 말인가? 과감하게 그들이 만든 공원을 우리의 옛 터전으로 되돌려 놓자고 하는 그러한 시구가 한 수라도 있었으면 얼마나 좋았겠는가? 그때까지도 공원 안에는 일제가 만들어 놓은 모든 시설들, 특히 신사가 아직도 그대로 남아 있던 시절이었다. 이 시를 보면서 광복된 이후에도 선비들의 정신이 일제강점기 속에 그대로 머물러 있는 것 같아 안타까웠다.
시란 모든 문학의 우두머리라고 하는데, 달성 청람 시 가운데 뽑을 만한 것이 많지만 그 중에 백찬기의 시에 서침의 이야기가 나오니 반가워 여기에 옮긴다.

　　달성의 맑은 바람 - 백찬기白燦基

　　천년 달성 옛 성이 공원이 되었으나
　　처사 서침 자비심이 후세에 전해지네
　　저녁 비, 아침 연기 안개처럼 사라지고
　　티끌 하나 없는 맑은 빛, 깨끗한 맛, 달성에 가득하네.

달성공원은 조선인들에게 일본 '야마토' 정신을 불어넣기 위해 그들이 야심차게 만들어 놓은 공간이었다는 것을 상기한다면, 오늘을 살고 있는 우리들은 옛 달성의 정기를 복원해야 하지 않을까? 최근 이전하게 될 대구 시청을 이 자리에 세우자고 했다면 어떠했을까? 달구벌 성터에 있는 서침의 정신은 서상돈에게 전해져 국채 보상 운동이 일어났고, 그 정신은 2·28 대구 학생 운동으로 이어져 대구 정신으로 자리 잡았다고 한다.

소월과 진달래꽃

진달래가 한창인 계절이 왔다. 온 산천에 붉은 진달래꽃이 지천으로 피었다. 옛 선비들은 이때를 만나면 술 한 잔에 시 한 수를 곁들인 진달래꽃 화전놀이를 즐겼던 계절이었다. 매년 새봄이 되면 진달래 꽃밭은 전국에서 모여든 구경꾼들로 인산인해를 이룬다. 진달래·철쭉이 피는 봄에는 온 산천이 불붙은 것 같고, 가을에는 단풍으로 또다시 붉게 탄다. 그래서 진달래·철쭉은 우리 민족의 노래가 되고 풍속이 되었다.

우리나라 사람 대부분은 진달래 하면 소월을 떠올린다. 그만큼 소월은 우리 마음과 생활 속에 자리 잡고 있는 시인이다. 그의 시는 우리 한 민족의 음률이 있어서 좋고, 옛 고향의 이야기처럼 다정다감해서 좋다. 마음을 졸이게 하는 긴장감도, 그다음 나올 이야기에 대한 궁금증도 없이 그저 흘러가는 강물처럼 편하게 우리 마음을 다독거려 준다.

소월은 한국 현대시 100년 사상 최고의 시인으로 꼽혔으며, 2008년

KBS가 실시한 애송시 조사에서 '진달래꽃'이 1위에 올랐다. 그 뒤가 윤동주의 '서시序詩'와 '별 헤는 밤', 김춘수의 '꽃', 천상병의 '귀천'이 뒤따랐다. 그뿐만 아니라 우리나라 가곡 중에 소월의 시가 20% 이상으로 가장 많다고 한다. 그래서 우리는 그를 민족 시인이라 부르고 있다.

진달래꽃 - 김소월

나 보기가 역겨워
가실 때에는
말없이 고이 보내 드리오리다

영변에 약산
진달래꽃
아름 따다 가실 길에 뿌리오리다

가시는 걸음걸음
놓인 그 꽃을
사뿐히 즈려 밟고 가시옵소서

나 보기가 역겨워
가실 때에는
죽어도 아니 눈물 흘리오리다

소월의 '진달래꽃'이란 이 시는 꽃을 노래한 것이 아니다. 사랑하는 사람과 헤어지는 이별의 노래다. 이별은 우리를 슬프게 한다. 이별의 노래는 가슴이 터질 것 같은 아픔과 세상이 끝날 것 같은 비통함으로 가득차 있다. 그러나 소월의 '진달래꽃'은 가는 이를 보내는 진정한 사랑 노래인 것이다. 가신다고 한다면 아무 말도 하지 않고 보내드리고, 가시는 그 길에 꽃을 뿌려 드리고, 그 꽃을 내 마음 보듯이 지그시 밟고 가신다면 결코 눈물을 보이지 않겠다고 다짐을 한다.

그는 어떻게 이런 시를 쓸 수 있었을까? 소월에게는 오순이라는 사랑하는 사람이 있었다. '진달래꽃'은 그녀와의 이별을 서러워하면서 지은 시이다.

소월과 헤어진 오순은 결혼을 하였으나 의처증이 심했던 남편의 학대를 견디지 못하고 22세의 젊은 나이로 저세상으로 떠나고 만다. 소월은 저승으로 떠나버린 사랑했던 오순의 혼백을 부르는 '초혼'이라는 시를 썼다.

혼신의 힘을 다해 죽은 영혼을 부르는 시인의 갈라진 목소리는 천지에 가득하다. 참고 참아도 보고 싶은 마음을 이겨낼 수 없는 아픔에 온몸이 으스러지는 고통이 그곳에 있다. 살아 있을 때 하고 싶었던 '사랑했노라'는 말 한마디를 하지 못한 아쉬움에 이미 시인의 가슴은 찢길 대로 찢어져 버렸다. 그래도 다시 또다시 설움에 겹도록 혼백을 부른다. 끝내 이 자리에서 돌이 될 때까지라도 혼백을 부르고 부르겠다는 다짐을 한다. 어느 무엇이 이렇게 절절하고 애절하고 애통할 수가 있을까? '초혼'을 만날 때마다 시인 마음속의 진심이 구절구절마다 가슴을 울린다.

그는 대한제국 말에 이 땅에서 태어나 우리의 국권을 잃고 일본의 강압 통치하에서 살다가 간 시인이다. 1902년 평안도 구성군에서 출생하여 곽산군에서 어린 시절을 보냈다. 세 살에 아버지가 돌아가시고 할아버지 집에서 성장하였다. 남산 보통학교를 졸업하고 13살 되던 해 정주 오산 고등 보통학교에 들어가게 되었다. 그는 이곳에서 독립운동가 조만식 교장 선생과 평생 문학의 스승인 김억 선생을 만났다. 14살이 되던 해 할아버지 친구 손녀딸인 홍단실과 결혼하게 되었다. 한편 김소월은 오산학교에서 같이 공부하던 오순이라는 여성과 교제를 하게 되었다. 하지만 김소월은 이미 결혼을 하였기에 두 사람의 인연은 오순이 19살의 나이로 시집을 가게 되면서 끊어지게 되었다. 소월이 사랑했던 그녀는 시집간 지 3년 만에 죽고 말았다.

김소월의 꿈을 키워준 오산학교는 1919년 삼일운동 이후 일제에 의해 문을 닫게 되었다. 오산학교가 문을 닫자 소월은 경성에 있는 배재 고등 보통학교 6학년에 편입학하여 졸업한 후 1923년 일본 도쿄상과대학에 입학하였으나 같은 해 일본 관동 대지진이 발생하자 중퇴하고 귀국하였다.

일본에서 귀국한 소월은 서울 청담동에서 나도향과 만나 친구가 되었고 '창조' 동인지를 이어받은 '영대' 동인으로 활동했다. 이때 소월의 서울 생활은 경제적으로 만만찮아 고향으로 돌아가 조부가 경영하는 광산 일을 도왔으나 그 광산도 문을 닫게 되었다. 그 후 처가인 구성군 남시면으로 이사하여 동아일보 지국을 열었으나 이 일마저 실패하고 말았으니 극도의 빈곤에 시달리게 되었다. 성격이 예민했던 그는 정신적으로 큰 타격을 받고 술로 세월을 보내게 되었던 것이다. 집안의 장손이었던 그는 친척들한테도 외면당했으며 부인과 동반 자살을 기도하기도 했다고 한다. 고된 현실에 적응하지 못했던 소월은 주옥같은 많은 시를 남기고 33살의 젊은 나이로 생을 마감하고 말았다.

소월에게는 4남 2녀의 자녀가 있었다. 현재 다들 이북에 살고 있으나 3남인 김정호는 6·25 때 북한 인민군으로 참전했다가 포로로 붙잡혔으나 반공포로로 풀려났다. 그는 그 후 국군에 자진 입대해 1955년 제대했다. 군 복무를 마쳤지만 갈 곳이 없었다. 교통부에 근무하던 당고모부 소개로 교통부 자재부 경비원으로 취직했다. 월급이 적었지만 그때 그는 평생의 반려자를 만날 수 있었다. 결혼은 했지만 생활은 점점 어려워져 반년이 채 안 되어 결혼반지까지 팔 수 밖에 없었다.

그는 미당 서정주를 찾아가 도움을 받았으며, 미당은 월탄 박종화, 시인 구상 등과 함께 당시 국회의장 한솔 이효상에게 추천서를 써주었다. 이효상은 독일에 유학하여 시문학을 전공하고 경북대 교수로 있으면서 6권의 시집을 펴낸 소월 시를 좋아했던 시인이었다. 한솔은 그를 대한민국 국회 정문 경비실에 자리를 마련해 주었다. 이곳에서 정년을 맞은 김정호는 충청도에서 식당을 운영하면서 살다가 딸과 아들 하나씩을 남기고 2006년 심부전증으로 세상을 떠나고 말았다.

지난 2012년 소월 탄생 110주년 기념 콘서트가 예술의 전당에서 열렸다. 소월의 증손녀 성악가 김상은 씨가 할아버지의 시를 노래로 만들어 불러 많은 사람들의 박수갈채를 받았다.

며칠 전에 비슬산 참꽃 축제가 열렸다. 많은 사람들이 구름처럼 비슬산으로 몰려들었다. 사람들은 화려하게 꽃 핀 비슬산 풍광에 매료되어 말을 잃었다. 소월 탄생 120년이 지난 금년 비슬산의 참꽃이 우리의 민족의 영원한 시인, 어렵게 살았지만 옹골차게 살다 간 소월을 다시 불러오는 것 같아 코끝이 찡했다.

안강송과 흥덕왕릉

　경주 안강벌 끝머리 나지막한 언덕, 안강소나무 숲속에 자리잡고 있는 흥덕왕릉은 주인이 확실히 밝혀진 몇 안 되는 신라 왕릉 중의 하나이다. 안강송은 구불구불하고 비틀리면서 경이로운 조형미를 만들어내는 소나무다. 하늘로 쭉쭉 뻗어 올라간 금강송에 못지않게 소나무 사진작가들이 좋아하는 피사체 중의 하나다. 집단으로 모여 있는 안강소나무의 모습은 율동에 맞추어 춤추는 무희들 같다. 해 뜨기 전에 은은한 아침 안개로 살포시 덮일 때는 그 신비로움이 더욱 깊어진다.

　우리나라 소나무를 지역 생태형으로 구분하여 이름 지어준 이가 우에키植木 교수이다. 그는 일제강점기에 수원 농림학교 교수로 있으면서 우리나라 소나무를 20여 년간 연구하여 1928년 '적송의 수상 및 개량에 관한 조림학적 고찰'이라는 박사 학위 논문을 발표하였다.

　서울대학교 농과대학 임학과 교수인 임경빈 박사가 우에키 박사의 논문을 정리하여 우리나라 소나무를 6가지 지역 생태형으로 교과서에 게재하였다. 금강형, 안강형, 위봉형, 동북형, 중부남부평지형, 중부남부고지형으로 구분한 것이 정설이 되었다. 봉화, 울진, 강릉 쪽에 있는 줄기가 곧고 생육이 좋은 금강송은 궁궐을 짓거나 고급 가구재로 선호되면서 부와 명예를 얻게 되었다. 그러나 주로 경주 안강 지역에서 자라고 있는 안강송은 키가 높이 자라지 않고 줄기가 구부러져 거의 쓸모가 없어서 아궁이에 화목으로 사용되어 왔던 볼품없는 소나무로 천대받아왔다.

산업화가 되고 정보화가 된 우리가 사는 세상도 많이 바뀌어 못생겼다고 거들떠보지도 않았던 안강송이 조경수 시장에서 귀공자가 되었다. 아름다움을 보는 우리의 안목도 달라진 것이다. 구부러져도 그냥 휜 것이 아니라 아름다운 조형미를 갖춘 소나무로 평가받아 우리나라 최고의 조경수로 거듭나게 되었다.

요즈음 새로 조성되고 있는 도심의 소공원에서 아름다운 몸매를 가진 안강소나무를 자주 보게 된다. 직선으로만 구성되어 있는 도시경관을 부드럽게 만들어주는 곡선의 몸매를 가진 안강소나무가 조경산업의 꽃이 되고 있다.

수백 그루 안강소나무가 함께 춤을 추는 흥덕왕릉 숲속으로 들어서면 그윽한 솔잎 향에 발걸음이 가벼워진다. 빽빽하게 들어찬 소나무 줄기들, 서로 몸뚱이가 맞닿아 연리지처럼 보이기도 하고, 또 서로 부여잡고 떨어질 수 없는 사연 많은 연인처럼 보이기도 하여 매우 이색적인 풍광을 만들어내고 있다. 이 숲속으로 조금 더 걸어 들어가면 시야가 확 트이고 중앙 양쪽에 동물 석상이 지키고 있는 흥덕왕릉의 커다란 봉분이 나타난다.

신라 42대 흥덕왕은 형인 41대 헌덕왕 밑에서 오랫동안 상대등上大等을 맡아 정사에 참여해 오다가 헌덕왕이 서거하자 50세 나이에 왕위에 올라 10년간 나라를 다스렸다. 그 당시 신라는 왕권 다툼으로 국가 기강이 무너졌으며 국고는 바닥이 나 있을 때였다. 왕위에 오른 흥덕왕은 이러한 난국을 타개하기 위해 당나라에 수시로 사신을 보내 교역을 확대하였으며 선진 문화를 도입하는 데 앞장섰다.

흥덕왕 3년 828년 신라 사신 대렴이 중국 황제에게서 차나무 종자를 받아 지리산 자락에 심게 했다는 기록이 삼국사기에 있으나 심은 곳이 어디인지는 확실하게 적혀 있지 않다. 1,200년이 지난 오늘날 대렴공이 차나무를 심은 곳이 하동 쌍계사 앞이라고도 하고 구례 화엄사 장죽전이라고도 하여 양쪽에 다 차나무 시배지 비를 세워 놓고 있다. 지금도 어느 쪽이 맞는지 확실한 기록을 찾지 못하고 추정에 그치고 있다.

사실 대렴이 차나무를 심은 곳을 시배지始培地라고 하는 것은 옳지 않다. 그 이전에 차나무가 우리나라에 들어와 있었으며 거슬러 올라가면 이보다 훨씬 이전인 가야 시대 허왕후가 중국에서 차나무 종자를 가지고 왔다는 주장도 있기 때문이다.

흥덕왕은 바닥난 국고를 메우기 위해 당나라에서 활동하고 있던 장보고를 시켜 완도에 청해진을 건설하여 해상 무역을 장악하게 함으로써 큰 성과를 올리기도 하였다.

흥덕왕릉 앞에 문인상과 무인상이 자리 잡고 있는데 다른 왕릉에 있는 것과는 그 크기와 모양이 사뭇 다르다. 특히 무인상은 콧날이 오뚝하고 눈두덩이 불쑥 튀어나온 아라비아인을 닮아 있다. 이 시기에 이미 아랍인들이 신라 경주에까지 들어와 살고 있었던 것이 다른 발굴 자료를 통해서도 알려지고 있다. 최근 경주에서는 중국의 실크로드의 출발점이 중국 서안이 아니라 신라 경주에서부터 시작되었다고 주장하는 것도 우연이 아닌 것 같다. 앞으로 보다 많은 고고학적 연구가 이어져 실크로드가 신라 경주에서 시작하여 그 끝이 로마였다는 것이 역사적 사실로 밝혀지기를 기대한다.

흥덕왕 재임 10년 동안 많은 이야기가 전해지고 있으나 이제껏 세상 사람들의 심금을 울리는 것은 장화 부인과 흥덕왕의 순애보이다. 장화 부인은 애장왕의 동생으로 촌수로 따지자면 흥덕왕은 조카와 결혼한 것이다. 신라 왕실에서는 순수혈통 보전을 중시하여 근친혼이 성행하던 시절이었다.

　드디어 왕이 되어 영화로운 삶이 시작되던 시기, 2개월도 되지 않아 장화 부인이 죽자 흥덕왕은 크게 상심하였다. 신하들이 새로 왕비를 맞아들일 것을 주청했으나 듣지 않고 죽을 때까지 혼자 살았다.

　흥덕왕이 왕이 되기 전에 당나라에서 가져온 앵무새 한 쌍을 길렀는데 한 마리가 먼저 죽고 남은 새가 안정을 찾지 못하자 새장 앞에 거울을 가져다 놓아 시름을 달래도록 했다. 그러나 그 새는 거울 속에 비친 자기 모습의 새를 계속 쪼아대다가 죽고 말았다. 이 일을 기억하고 있던 흥덕왕은 왕비를 맞아들이라는 신하들의 이야기에 하찮은 새조차 짝을 잃으면 저리 슬퍼하거늘 어찌 귀한 왕비가 죽었는데 다시 결혼하겠는가 하며 새 왕후를 맞이하지 않았다는 이야기가 삼국유사에 기록되어 있다.

　제국의 왕들에게 가장 후한 것이 여색이었으나 살아있는 동안 궁녀도 가까이 하지 않았던 그는 죽으면서 왕비와 합장을 하도록 유언하였다. 흥덕왕의 순애보가 지금까지 사람들에게 회자되고 있음은 천년의 세월을 이어온 그 절절한 사랑 때문일 것이다.

　전해지는 향가 〈원가怨歌〉는 두 사람의 애환을 읊고 있다.

모란꽃이 떨어져도 그 붉은 빛은 오히려 새로워라,
그대와 더불어 나눈 맹세 굳건히 맺어져 변할 줄 몰랐어라.
그러나 그대가 갑자기 세상을 떠나시니

이 내 마음은 어디로 돌아갈까.

아아, 서러워라, 이 몸이여.

이루지 못한 우리의 인연이여.

'만사萬事가 천사天賜다'라는 말이 있다. 사람이 아무리 애써봐야 하늘이 도와주지 않으면 헛일이라고 하는데 흥덕왕은 10년 동안 국력을 증진시키기 위해 부단한 노력을 했으나 가뭄이 극심했고 지진도 여러 차례 발발하는 천재지변이 이어졌으니 신라의 국운도 다해가고 있었던 것이다.

아름다운 안강 소나무 숲속에 아늑하게 자리 잡은 흥덕왕릉, 이곳에는 흥덕왕과 장화 부인의 천 년 넋이 시공간을 초월하여 많은 이야기를 전해주고 있는 것 같다. 왕릉 뒤로 멀리 보이는 옥산서원 넘어에 있는 어래산 자락 위에 흰 구름만 한가롭게 감돌고 있어 보는 이의 마음에 만감이 교차된다.

평양에 심은 모감주나무

문재인 대통령이 2018년 9월 2박 3일 동안의 역사적인 남북정상회담을 하러 이북을 방문하였다가 숙소인 백화원 앞마당에 기념식수로 모감주나무를 심었다.

모감주나무는 5, 6월에 신라 금관을 닮은 노랑꽃이 화려하게 피는 나무로, 남쪽에서는 정원수나 도심의 환경수로 인기가 좋은 수종이다. 안면도에 가면 천연기념물로 지정된 모감주나무 숲을 만날 수 있으며, 대도시 가로수로 조성되어 사람들이 쉽게 볼 수 있어 남쪽 사람들에게는 매우 친숙한 나무다. 또한 꽃말도 '번영'이라고 하니 남북문제가 잘 풀려가기를 바라는 대통령의 마음이 담긴 것 같다.

기념식수란 기념이 될 만한 일이 있거나 특별한 사람이 방문한 것을 기념하기 위해 나무를 심는 것을 말한다. 아마도 지구상에서 가장 최초의 기념식수는 BC 110년 중국의 한나라 무제가 봉선제를 지내기 위해 태산에 갔을 때 대묘 마당에 측백나무를 심은 것이라 할 수 있다. 그때 심은 6나무 중에 한 그루는 송나라 때, 그리고 또 한 그루는 1929년 군벌혼전이 벌어졌을 때 소실되었다. 그러나 4그루는 피부가 다 벗겨져 속살이 밖으로 나와 처연한 모습이지만 지금도 죽지 않고 숨이 붙어 대묘 마당에 굳건하게 서있다.

한 무제가 심은 측백나무에 대한 기록이나 시가 많이 남아 있다. 그 가운데 특별한 것은 청나라 건륭 황제가 태산에 와서 그때 본 측백나무 모습을 여섯 자가 넘는 검정 대리석에 조각해 세워 놓았다. 오늘날 태산을 방문한 사람들은 만고풍상을 겪고 살아남아 있는 나무 모습과 비석에 새겨진 측백나무의 위용을 보면서 수천 년 아득히 흘러간 중국의 역사에 큰 감동을 받게 된다. 정확하게 2130년이 지난 지금까지 살아남아 보는 이의 마음속에 그날을 생각하게 하는 이 나무가 기념식수의 진면목이라 할 수가 있다.

우리나라에서는 언제부터 기념식수가 시작되었을까? 작년 태풍으로 쓰러진 해인사 장경각 옆에 웅장한 수형을 가진 전나무는 최치원이 꽂아 놓은 지팡이가 자라난 나무라고 한다. 또한 신라 마지막 왕자인 마의 태자가 양평 용문사에 심어 놓았다는 은행나무는 우리나라에서 가장 키가 크고 수령이 오래된 것으로 이 은행나무는 천연기념물로 지정되어 있다. 영주 부석사에 가면 이 사찰을 처음 만들었다는 의상대사가 살던 조사당 툇마루 옆에 지팡이를 꽂아 그것이 지금까지 죽지 않고 살아있어 선비화(골담초나무)라고 부르고 있다. 이러한 나무를 기념식수라고 하기는 어려운 일이다.

조선시대 중국에 사신으로 갔다 온 선비들이 자기 집이나 서원 주변에 중국에서 가져온 수피가 하얀 소나무를 기념식수로 심은 것들이 살아남아 현재 천연기념물로 지정된 백송은 기념식수 반열에 올려도 좋다고 할 수 있다.

기념식수는 꼭 높은 지위에 있는 사람이 심었다거나 또 역사적인 큰 일을 기념하는 것만은 아니다. 보통 사람들도 기념하고자 하는 일이 있을 때 나무를 심는다. 결혼 기념식수, 자식이 태어난 것을 기념하기 위해서도, 또는 집안에 좋은 일이 있는 것을 기념하기 위해 심는 사람도 많다. 어떤 사람은 자기 집안 나무를 정해서 언제나 자기 집안에 기념이 될 만한 일이 있을 때 그 나무를 심는 사람도 있으며, 그 나무가 크게 자란 뒤에 그 나무 밑에 수목장을 하려고 하는 사람도 있다.

최근에 공공기관의 건물 앞에 가면 기념식수 표시판을 세워놓은 적지 않은 나무를 만난다. 도지사가 심었다는 기념식수도 있고, 특강을 하러 온 유명한 학자가 왔다가 심었다는 나무 표지판도 있다. 몇 해 전까지만 해도 우리나라 기념식수 중 가장 많은 수종이 주목이었다. 아마 가격도 비싸고 고급스러워 보이며 죽어서도 천 년, 살아서도 천 년이라는 말처럼 오래 잘 사는 나무로 알고 있기 때문에 많이 심은 것 같다. 그러나 주목은 고산식물로 고도가 낮은 지역에서는 적응력이 떨어져 기념식수로 적당치 않은 경우가 많다.

지난 1999년 4월 엘리자베스 여왕이 하회마을을 방문하여 류성룡 대감집 앞에 기념식수로 구상나무를 심었다. 구상나무는 제주도 한라산이나 지리산 천왕봉 부근의 높은 곳에서 자라는 고산식물이다. 구상나무는 우리나라 고유 수종으로 수형이 아름다워 많은 사람들의 사랑을 받고 있다. 유럽으로 건너간 구상나무는 여러 나라에서 크리스마스 트리로 인기가 가장 좋은 나무가 되었다. 최근에는 우리나라 평지에서는 더워서 살아가는 데 고역을 치르고 있는 나무이다. 하회마을은 고산식물인 구상나무의 적지適地라 할 수는 없다. 그러나 영국 여왕의 방문을 기념하기 위해 심은 이 나무를 잘 보살펴 오랫동안 살아가길 바라는 마음 간절하다.

또한 문대통령이 평양 백화원 앞마당에 방문 기념으로 심어놓은 모감주나무가 아름답고 화려한 황금꽃을 피워 남북한의 화해가 더욱 성숙되길 기원한다.

백석과 자작나무

봉화 백두대간 수목원에 갔다가 백석의 자작나무 시판을 만났다. 이제 숲속에도 시판이 세워지고 많은 사람들이 그 앞에 서서 추억을 남기고 간 옛 시인과 대화를 나누는 일도 흔한 일이 되었으니 '숲과 문화'라는 말도 낯설지만은 않아서 좋다.

깊은 바다처럼 고요하고 캄캄한 밤하늘, 셀 수 없이 많은 별들은 더욱 선명하게 빛나고 있다. 오랜만에 영생고보 선생님들과 걸지게 한 잔 하고 집으로 돌아가는 길에 밤인데도 수피가 달빛처럼 환한 자작나무 숲을 만났다.

깊은 밤 고요 속에 캥캥 여우 울음소리가 더욱 크게 들린다. 이런 밤이면 흘러간 기억들이 새록새록 떠오른다. 지난해 충무 친구 결혼식에 갔다가 만난 해맑고 예쁜 박경련을 생각하고 있는지도 모를 일이다. 밤은 깊어 깜깜한데 수피가 환한 함경도 자작나무 숲속을 걸으면 평안도 정주 고향 생각에 젖어든다.

백화白樺 - 백석(1912~1996)

산골 집은 대들보도 기둥도 문살도 자작나무다.
밤이면 캥캥 여우가 우는 산山도 자작나무다.
그 맛있는 메밀국수를 삶는 장작도 자작나무다.
그리고 감로甘露같이 단 샘이 솟는 박우물도 자작나무다.
산山 너머는 평안도 땅도 보인다는 이 산山골은 온통 자작나무다

북쪽 추운 곳에 자라는 자작나무는 집도 짓고 문짝도 만들며 생활용품 재료로 이용되었다. 산속의 짐승들도 자작나무 숲속에 진을 치고 살았다. 일상생활에 불을 지펴 음식을 하거나 구들을 따뜻하게 덥혀주는 땔감으로 사용하였다. 정신을 번쩍 나게 할 만큼 차갑지만 단맛이 나는 박우물 틀도 자작나무로 만들었다. 백석의 고향 평안도 역시 자작나무 숲이 넘쳐나는 고장이었다.

백석은 평안도 정주에 있는 오산학교에 다녔다. 이 학교는 독립운동가 이승훈 선생이 설립하였으며 수많은 독립운동가와 민족 문학가들의 산실이었다. 조만식 선생이 오산학교 교장으로 재직할 때 백석은 이 학교를 다녔으며 그때 조 선생은 백석의 집에서 하숙을 하였다고 하니 상당히 친밀했을 것이다. 백석은 해방 후 혼란기 때 조만식 선생의 비서를 한

적도 있다. 백석의 아버지 백용삼은 조선일보 사진사였다. 백석은 오산 학교를 졸업한 후 가세가 넉넉하지 못해 공부를 계속하지 못하고 있을 때 조선일보 방응모 부사장의 후원을 받아 일본 오야마 가쿠인 대학 영어 사범과에 들어갔다. 언어에 능통하여 영어, 독일어, 러시아어를 배우고 돌아와 조선일보 기자로 활약하면서 1936년 '사슴'이라는 첫 시집을 발간하였다. 이 시집은 세간의 관심을 모았으며 그때 중학생이었던 윤동주는 이 시집을 가슴에 품고 살았다고 한다. 백석은 우리가 그토록 좋아하는 '서시'를 지은 윤동주, '향수'의 주인 정지용의 스승이었다. 백석은 1937년에 함흥 영생고보 영어 교사로 직장을 옮겼다.

사람이 살면서 의도적으로 계획을 세워 생활해 가기도 하지만, 아주 우연히 이루어지는 일들도 있다. 백석이 함흥관에서 김영한을 만난 것은 정말 우연한 일이었다. 김영한은 일본 전문학교에 유학하고 돌아와서 문학 활동도 하였다. 그러나 친척이 하는 광산 보증으로 집안이 망하여 경성 기방에 들어가 노래와 춤을 배워 기생이 되었다. 일본 유학을 도왔던 사람이 함흥 형무소에 잡혀 있다는 말을 듣고 면회를 위해 함흥에 갔으나 면회도 하지 못하고 함흥관 기방에 눌러앉게 되었다. 그러던 어느 날 영생고보 선생님들 회식 자리에서 처음 백석과 만나게 되었으며 두 사람은 운명처럼 서로 첫눈에 반해 사랑에 빠지게 되었다. 백석은 김영한에게 '자야子夜'라는 이름을 지어 주었다. 이는 이태백의 시에 나오는 임을 그리던 노래였던 〈자야가子夜歌〉에서 따온 것이다. 두 사람은 사랑에 빠졌으나 이루어질 수 없는 사랑임을 안 김영한은 백석의 설득에도 불구하고 서울로 내려오고 만다. 그 이듬해 서울로 달려 내려온 백석은 3년간 자야와 서울에서 꿈같은 신혼 생활을 보냈다. 그러나 백석의 부모는 기방 여자와 살게 할 수 없다고 하여 다른 여인을 데려와 결혼을 시켰다. 백석은 결혼한 지 얼마 되지도 않아 다시 자야에게 돌아왔다. 백석은 만주 봉천으로 가서 같이 살자고 하면서 그 유명한 '나와 나타샤와 흰 당나귀'라는 시를 써주면서 자야를 부추겼다. 1939년 백석은 만주 봉천으로 먼저 떠나고 자야가 오길 기다렸으나 자야는 결국 가지 못했다. 그 후 분단된 조국은 두 사람이 죽을 때까지 남과 북으로 나뉘어 끝내 서로 만나지 못하게 되고 말았다.

남쪽에 남아 있던 김영한은 대원각이라는 서울의 3대 요정 중 하나를 운영하면서 큰 부를 이루었으나 한평생 백석을 잊지 못하고 살았다. 대원각 주인 김영한은 북쪽의 백석이 1996년에 사망했다는 소식을 듣고 1997년 '백석 문학상'을 만들어 상금으로 거금을 내놓았다. 1998년부터 지금까지 한 해도 거르지 않고 시상을 하고 있으며 백석의 시문학을 우리나라 문학의 반열에 올려놓았다. 백석이 준 〈나와 나타샤와 흰 당나귀〉를 품에 안고 살아온 김영한이 사랑했던 백석을 위해 이룩한 일이었다.

자야는 백석의 생일인 7월 1일에는 아무것도 입에 대지 않고 하루를 보냈으며 무소유를 실천하고 살았던 법정 스님에게 1998년 당시 시가 1000억 원에 해당하는 대원각을 절로 만들어 줄 것을 요청하며 보시하였다. 법정은 처음에는 주지조차 한 번 해보지 못한 사람이 이렇게 큰 재산을 받아 절을 만들 수 없다며 사양하였으나, 결국 대원각을 길상사라는 절로 만들었다. 그리고 2003년 자야의 유언에 따라 눈이 오는 날 자야가 살던 길상사 뒤 계곡에 그녀의 유골을 뿌려 그 영혼을 달래주었다.

대원각을 시주하던 때 어느 기자가 자야에게 물었다. '어떻게 그렇게 큰돈을 아무 조건 없이 기부할 수 있는가?' 그러자 자야는 '그것은 백석의 시 한 줄 값에도 미치지 못하는 것'이라고 답했다.

그렇게 잘생기고 멋있어서 러시아 신사로 불렸던 백석은 끝내 자야와의 애련한 사랑을 맺지 못하고 쓸쓸한 북녘 함흥 땅에서 생을 마감했다. 이렇게 가슴 아픈 사랑 이야기가 남북으로 갈라진 우리 땅에 어찌 한둘이겠는가마는 백석과 자야의 영혼은 통일된 꿈속의 나라, 달빛보다 훤한 자작나무 숲속에서 영원한 안식을 하고 있을 것이다.

인봉의 신선송神仙松

　우리나라에 가장 많은 나무는 소나무이다. 예로부터 우리 민족의 생활 속에 함께해 온 나무가 소나무였다. 그래서 우리는 소나무를 국목國木이라 부른다. 대구 근교 경북에도 천연기념물로 지정된 소나무가 적지 않다. 운문사의 처진 소나무, 문경의 농암 반송, 청도 매전의 처진 소나무, 상주의 화서 반송, 예천의 감천 석송령 등이 그렇다. 대구 팔공산에도 키는 작지만 신선송이라 불리는 소나무가 있다. 우람차고 덩치가 커야 천연기념물로 명함이나 내밀텐데 이 나무는 겨우 2미터 정도의 작은 키에 불과하다. 그러나 100척이 넘는 높은 인봉 바위 위에 꽂혀 있듯이 서 있는, 수령 300년이 넘어 보이는 신선송이 자라고 있다.

　팔공산은 대구를 상징하는 산이다. 신라시대에 오악五嶽을 선정했는데 동악은 토함산, 서악은 계룡산, 남악은 지리산, 북악은 태백산으로 지정했고, 중악은 공산 즉 지금의 팔공산으로 정했다. 신라 시대 공산이었던 이름이 고려 시대 들어와 후백제 견훤과 싸우다가 왕건을 대신해 죽은 여덟 명의 장군을 기리기 위해 그 이름이 팔공산으로 바뀌었다고 전해지고 있다. 대구 북쪽의 한기를 막아 주는 팔공산 연봉은 백 리 길에 달하는 긴 능선이다. 초례봉에서 시작되는 능선 길은 낙타봉과 환성산을 지나 다시 능성재를 넘으면 갓바위에 이른다. 갓바위에서 서쪽으로 노적봉을 지나 은해봉, 삿갓봉을 넘어 염불봉을 거치면 미타봉이라는 별칭을 가진 동봉을 만나게 된다. 이어 바로 아래 방송국 중계탑이 세워진 비로봉을 지나면 공군 레이더망이 있는 천왕봉(1192m)을 만난다. 이곳이 팔공산 연봉 중 가장 높은 봉우리다. 다시 삼성봉으로도 불리는 서봉을 지나 파계재를 거쳐 능선을 올라섰다가 내려가면 한티 휴게소가 나온다.

여기서부터 가산산성까지는 내리막길이다. 치키봉을 거쳐 가산산성에 들어서면 거의 백 리 길에 달하는 능선 길이 끝나게 된다. 이 먼 길을 하루에 다 주파할 수는 없다. 갓바위 부근이 아니면 동봉이나 서봉쯤에서 텐트를 치고 하루를 지내야만 가능한 일이다.

팔공산의 백미는 비로봉과 미타봉인 동봉과 삼성봉인 서봉이 함께 감싸 안고 있는 천왕봉을 보는 것이다. 천왕봉에 올라 아래를 내려다보면 장관이 펼쳐진다. 동쪽으로는 멀리 운문산 너머 영남알프스 능선으로 이어지고, 남쪽으로는 가깝게는 도덕산, 왕산을 넘어 대구 앞산인 대덕산, 그리고 그 뒤로 비슬산이 한눈에 들어온다. 서쪽으로는 강원도 태백에서 발원하여 장장 600여 리 먼 길을 흘러 내려와 고령 강창 댐에 모인 낙강의 푸른 물결은 바라만 보아도 마음은 이미 하늘로 날아오른다.

북송北宋의 소식蘇軾(1036~1101)의 〈서림사의 벽에 적다題西林壁〉라는 시에서 "여산의 참모습을 알지 못하는 까닭은 단지 이 몸이 그 산속에 있기 때문이라네[不識廬山眞面目, 只緣身在此山中]."라고 했다. 이처럼 내 몸이 산속에 있으면 그 산의 참모습을 볼 수가 없다. 팔공산도 마찬가지다. 팔공산의 진면목을 가장 잘 볼 수 있는 곳은 바로 인봉이다.

백안 삼거리에서 동화사 쪽으로 조금 올라가면 대구 방짜 유기 박물관이 나온다. 그 앞을 지나 1키로 정도 올라가 언덕을 넘어서면 소나무 숲속으로 북지장사로 올라가는 좁은 신작로가 시작된다. 봄철이나 늦가을 안개가 낀 이른 아침에 이 소나무 숲길을 걸어 올라가면 선경仙境에 들어온 것 같은 무아지경에 빠지게 된다. 안개 속 소나무들은 음악에 맞춰 춤을 추는 무희를 보는 것 같은 신비감을 더해준다. 이 소나무가 바로 안강송이다. 우리나라 소나무는 여섯 가지 지역종으로 구분하고 있다. 이들 지역종 중에 가장 생장이 빠르고 목재의 질이 좋은 금강송은 대궐이나 큰 사찰을 짓는 데 이용되어 왔으며, 서울 목상들에게는 춘양목이라는 별칭으로 널리 알려진 나무다. 그러나 줄기가 구부러지거나 꼬이면서 자라는 안강송은 대부분 화목으로 사용되었다.

최근에 소나무가 조경수로 각광을 받게 되면서부터 몸매가 예술적인 안강송은 금강송보다 훨씬 높은 가격으로 거래되고 있어, 관상수로 가치가 있는 소나무가 되었다. 뿐만 아니라 소나무 사진사들에게도 인기가 높아 안강송이 있는 곳은 관광명소가 된 곳이 많다. 경주 홍덕왕릉 솔숲도 그렇고 대구 북지장사로 가는 이곳 소나무도 사진 애호가들에게 잘 알려진 곳이다.

북지장사에 들어가기 직전, 왼쪽으로 올라가는 오솔길 옆에 '인봉 700m'라고 쓰인 표지판이 보인다. 좀 가파른 길을 20여 분 올라가면 산 정상에 솟아 있는 높이 100척에 달하는 거대한 바위를 만난다. 이 곳에 20여 명 이상이 앉을 수 있을 정도의 평평하고 널찍한 바위가 있다. 이 곳이 바로 인봉 정상이다. 여기서 바라보는 팔공의 능선은 절경이다. 예부터 팔공을 보려면 인봉에 와서 봐야 한다는 말이 왜 생겼는지 알 것 같다. 동쪽으로 초례봉, 환성산, 갓바위가 눈에 들어오고, 북쪽으로 미타봉, 비로봉, 천왕봉, 삼성봉이 한눈에 들어온다. 그 아래로 이어진 파계재, 한티재까지, 그리고 그 너머 아련히 가산산성까지 일백 리 능선길이 내 품 안에 들어온다. 이 바위 위에 고색창연한 소나무 한 그루가 서 있다. 이 나무가 곧 열암悅庵 하시찬夏時贊(1750~1828)이 신선송神仙松이라 불렀던 소나무이다.

이 나무를 글로 남긴 인물은 1748년 팔공산을 유람한 대산大山 이상정李象靖(1710~1781)이다. 그는 『남유록南遊錄』에서 "마침내 동화사로 향했는데 골짜기가 깊고 흰 바위가 나란히 자리 잡고 있다. 굽이굽이 맑은 시냇물 소리 들려오고 서로 둘러보며 즐겼다. 몇 리를 들어가니 소년대라는 곳이 있었다. 큰 바위가 시냇가에 자리 잡고 있었고, 그 위에는 반쯤 시든 소나무가 자라고 있었는데, 고색창연한 것이 마음에 들었다 [遂向桐華寺, 洞府幽深, 白石齒齒. 淸溪曲曲有聲, 相與顧而樂之. 入數里, 得所謂少年臺者. 巨石臨溪而蹲, 有松生其上, 枯其一半, 蒼古可愛]." 라고 하여, 생동감있게 적어놓았다. 그때도 고색창연하다고 하였으니, 이 나무의 수령은 이미 300년을 훌쩍 넘었을 것으로 짐작된다.

조선 후기 대구 출신의 성리학자인 하시찬은 팔공산에서 경관이 특히 빼어난 여덟 곳을 '공산팔영公山八詠'이란 시를 지어 『열암문집悅庵文集』에 남겨 놓았다. 이 중 가장 먼저 나오는 시가가 바로 소년대少年臺 즉, 인봉을 읊은 것이다.

이 시의 내용을 보면 소년대라는 명칭의 석대 위에는 신선이 심은 소나무가 자라는데, 이미 늙었다고 표현하고 있다.

공산의 기이한 자취 석대에 남아,
비바람 겪으며 및 해나 지났던가?,
신선이 심은 소나무 이미 늙었고
아름다운 이름만 소년이 놀던 곳에 붙어있네.

팔공산 둘레길은 총 길이 108키로, 16개 구간으로 이루어져 있다. 올레길 제1구간은 인봉이 있는 북지장사로 가는 길이다. 옛날이나 지금이나 이 길이 팔공산을 바라볼 수 있는 가장 멋진 곳인 것 같다. 인봉 높은 바위 위에서 수백 년 동안 만고풍상을 견디며 여전히 푸르름을 잃지 않고 살아 있는 이 나무가 신선송이다. 언제나 변함없이 무언의 신비를 전해 주고 있는 것 같은 신선송은 높은 인봉 바위에 힘들게 올라와 팔공 백리 능선을 바라보는 이의 마음을 숙연케 했다.

하목정 배롱나무

사람의 마음은 아름다운 것을 보면 행복해집니다. 그래서 예쁜 꽃을 심고 가꾸고 꽃을 찾아 유람을 합니다. 꽃이 많이 피는 봄철에는 갈 곳이 많지만 한여름 철에는 꽃구경하기가 쉽지 않습니다. 우리나라 여름철에 꽃이 피는 나무는 무궁화, 능소화, 배롱나무 정도입니다. 대구 주변에 능소화와 배롱나무가 유명한 곳이 있습니다. 능소화 꽃은 화원 문씨 세거지로 입소문이 나서 주말이면 사진 애호가들로 문전성시를 이루고, 배롱나무는 하빈 하목정이 유명해서 꽃이 필 때쯤에는 그 좁은 골목길이 구경꾼들로 넘쳐납니다.

하목정은 낙포 이종문이 선조 37년(1604)에 세운 정자입니다. 주변에 높은 산들이 둘러싸고 있고 그 사이를 칠 백리 낙동강이 굽이쳐 흐르고, 강변에는 하얗게 펼쳐진 금모래사장이 있으며, 이 금모래사장에 저녁노을이 질 때 날아오르는 따오기들의 비상은 아름답기 그지없었을 것입니다.

하목정이라는 이름은 당나라 왕발王勃이 지은 『등왕각기滕王閣記』 서문에 '지는 노을은 가지런히 날아가는 외로운 따오기와 함께 하고, 가을 강물은 먼 하늘색과 한빛이네[落霞與孤鶩齋飛 秋水共長天一色]'라고 쓴 데서 따왔습니다. 하목정 주변의 풍광과 잘 어울리는 정자 이름입니다.

이 정자가 유명하게 된 것은 인조가 능양군으로서 광해군의 압력을 피해 전국으로 몸을 숨기고 다닐 적에 하목정에서 쉬어간 적이 있었던 것이 인연이 되었습니다. 낙포 이종문의 아들, 수월당 이지영이 과거에 급제하여 벼슬에 올라 인조반정 이후 어전에서 인조를 뵈었는데 인조가 그를 알아보고 은 200냥으로 하목정에 겹 처마인 부연婦椽을 달도록 하고 하목정이라는 글씨를 하사하였습니다. 일반 사가에는 부연을 달 수 없었던 시절, 하목정에 부연을 달았으니 그때부터 유명세를 치르게 되었습니다.

이 정자 앞에 서서 보면 오른쪽 낙동강 너머로 구미 금오산, 그 앞에 가야산이 둘러서 있고 왼쪽으로 비슬산이 자리 잡고 있습니다. 지금은 대구 성주 간 대교가 낙동강을 가로질러 놓여 있고 하목정 앞마당에는 식당이 자리 잡고, 그 앞에는 도시의 작은 건물들이 어지럽게 지어져 그 옛날 아름다웠던 풍광을 찾아볼 수가 없습니다.

하목정 6칸 대청마루에는 이곳을 다녀간 이들이 지은 14개의 시판이 걸려 있는데 이 시를 통해 아름다웠던 하목정의 풍광을 상상해 볼 수밖에 없습니다. 시판 속에는 우리가 잘 아는 이항복, 채제공 등도 있으나 그중에 성주 목사를 지낸 김횡의 시를 통해 그 옛날 주변의 풍광을 미루어 짐작할 수 있습니다.

청백세전淸白世傳 - 김횡金鐄

전양군全陽君의 고택이 낙동강 나루위에 있어
풍물로 유명한 정원에 만사가 그윽하네
해 지는 강호에 맑은 볕이 문으로 들어오고
빗속에 화수花樹는 황혼의 누대에 감추고 있네
예부터 이어온 공력이 어찌 그리도 장하던가?
오랜 세월에 관직의 복록이 그치지 않았네
높은 난간에서 읊기를 마치자 돌아갈 생각 아득하니
밝은 노을에 외로운 따오기가 물가 돛배와 반반이네

이 시는 김횡이 1847년 늦은 봄 성주 목사로 있을 때 이곳에 와서 지은 시라고 전합니다.

하목정 뒤편에 불천위로 봉해진 낙포 이종문의 현손 이익필의 제실이 자리 잡고 있습니다. 이익필이 무과에 급제한 후 전라 수군절도사로 있을 때 영조 4년 이인좌의 난을 평정하여 분무공신 3등에 녹훈을 받고

전양군全陽君으로 봉해졌습니다. 이 제실은 1751년 불천위不遷位에 봉해
져 부조지묘不祧之廟로 지어져 제사를 올리고 있는 곳입니다. 제실 앞마
당에는 나무 둘레가 1미터가 넘고 키가 3~4미터에 가까운 큰 배롱나무
네 그루가 정열적인 붉은 꽃으로 한여름 꽃대궐을 이룹니다. 제실을 지
을 때 심어진 나무라고 한다면 배롱나무 수령은 270년이 되는 셈입니다.

　　한여름 가장 오랫동안 꽃이 피는 나무는 배롱나무입니다. 그래서 이
름도 백일홍 나무라고 부릅니다. 꽃 하나가 피어서 백일을 가는 것이 아
니라 피고 지지만 나무 전체가 석 달 열흘 동안 꽃을 피워내는 나무입
니다. 다음 시는 사육신 중의 한 사람인 성삼문이 지은 배롱나무라는
시입니다.

백일홍 – 성삼문

어제 밤 한 송이 지고
오늘 아침 한 송이 피어
서로 일 백일 바라보니
너와 바라보며 한잔 하리라

　　배롱나무는 중국 원산으로 우리나라에 들어온 것은 오래되었습니다.
삼국유사에 나오는 경주 서출지 주변의 배롱나무도 이름이 나 있고, 가
장 오래된 배롱나무는 부산 동래 정씨 시조 묘에 있는 천연기념물로 수

령 800년을 넘고 있습니다.

배롱나무의 한자명은 백일홍百日紅, 백양수怕痒樹, 자미紫薇, 자금화紫金花, 만당홍滿堂紅 등 여러 가지로 부릅니다. 꽃이 오랫동안 피기 때문에 붙여진 이름이 백일홍이고 나무에 조금만 자극을 주어도 가지 끝이 흔들리기 때문에 간지럼을 탄다는 백양수, 꽃 색깔이 진한 자주색이어서 자미, 또는 자금화라 했고, 꽃이 만발하면 주변 전체가 꽃대궐을 이루니 만당홍이라고 부르고 있습니다.

우리나라에서는 초본인 백일홍과 구별하기 위해 백일홍 나무라 불렀으며 이 말이 변해 '배기롱나무'로 다시 '배롱나무'가 되었다고 합니다. 그러나 나무가 바람에 흔들거리는 모습이 술에 취한 사람처럼 해롱해롱한다고 해서 해롱나무가 배롱이 된 것은 아닌지? 여하튼 배롱은 중국 한자음에서 나왔다기보다 순수 우리말에서 찾아보는 것도 재미있을 것 같습니다. 또한 껍질이 벗겨진 곳에 색깔이 다른 무늬가 생기는데 흰 무늬가 있는 쪽을 손톱으로 살짝 긁어 주어도 나무 가지 끝이 잔잔하게 흔들리는 것처럼 보여서 '간지럼나무'라 부르기도 합니다.

배롱나무는 꽃도 아름답게 오래 피어서 사랑을 받지만 껍질이 벗겨지면 속이 훤히 들여다보이는 선비 같다고 하여 선비 나무라는 별칭도 가지고 있습니다. 선비 같다고 하니 명예를 얻었다고 좋아할지 모르겠으나 껍질이 자주 벗겨지는 나무는 옷을 입지 않는 사람처럼 추위에 적응력이 낮아 살아가기가 어렵습니다. 그래서 겨울이 추운 서울 이북에는 배롱나무가 거의 없으며 대부분이 남쪽 지방에서 자라고 있습니다.

붉은 꽃이 많지만 보라색인 경우도 있으며 핑크색이나 흰색인 경우도 심심치 않게 볼 수 있습니다. 최근에 배롱나무를 가로수로 심은 곳이 많아지고 있습니다. 시골 도로변에 키 큰 나무를 가로수로 심으면 나무 그늘 때문에 농사가 되지 않는다는 민원이 많이 발생합니다. 지자체의 가로수 담당자들은 이런 곳에는 배롱나무를 가로수로 심으면 논밭에 그늘이 지지 않고 여름 한철 오랫동안 꽃을 볼 수 있어서 일거양득이라고 합니다. 그러나 배롱나무에 흰 가루병이 자주 발생하기 때문에 주의해서 관리해야 할 것입니다.

최근에 배롱나무에 대한 한글 시가 많이 있지만 그중에 도종환의 배롱나무 시를 적어봅니다.

배롱나무 - 도종환

배롱나무를 알기 전까지는
많은 나무들 중에
배롱나무가 눈에 보이지 않았습니다

가장 뜨거울 때

가장 화사한 꽃을 피워놓고는
가녀린 자태로 소리 없이
물러서 있는 모습을 발견하고
남모르게 배롱나무 좋아하게 되었는데

그 뒤로 길 떠나면 어디서든
배롱나무가 눈에 들어왔습니다

지루하고 먼 길을 갈 때면
으레 거기 서 있었고
지치도록 걸어오고도 한 고개
더 넘어야 할 때
고갯마루에 꽃그늘을 만들어 놓고
기다리기도 하고
갈림길에서 길을 잘못 들어
다른 길로 접어들면 건너편에서 말없이
진분홍 꽃숭어리를 떨구며
서 있기도 했습니다

이제 그만 하던 일을 포기하고 싶어
혼자 외딴섬을 찾아가던 날은
보아주는 이도 없는 곳에서

바닷바람 맞으며 혼자 꽃을 피우고
있었습니다

꽃은 누구를 위해서 피우는 게 아니라고
말하듯 늘 다니던 길에
오래전부터 피어 있어도 보이지 않다가
늦게사 배롱나무를 알게 된 뒤부터
배롱나무에게서 다시 배웁니다

사랑하면 보인다고
사랑하면 어디에 가 있어도
늘 거기 함께 있는 게 눈에 보인다고

배롱나무는 제실이나 향교와 같은 상서로운 곳에 심었던 나무였습니다. 그러나 요즘에는 작은 동네 공원에도 넓은 자동차 도로 양편의 가로수 길에도 학교 교정에도 심어져 있어 어디에서나 수월하게 볼 수 있는 꽃이 되었습니다. 그래서 도종환 시인의 말처럼 고갯마루에도 골목길 어귀에도 외딴섬에까지도 심어져 배롱나무와 더욱 친숙하게 되었습니다. 금년에도 꽃대궐을 이루고 있는 하목정 배롱나무는 코로나19로 지친 우리들에게 큰 위안을 주고 있습니다.

세상 많이도 변했다!

　말에는 어원이 있다. 그 말이 처음 생겨났을 때의 모습이다. 어원을 이해하면 그 말의 참뜻을 알 수 있다. 일본에 가면 신라는 '시라기', 고구려는 '고구리'라고 한자 발음을 그대로 사용한다. 그러나 백제는 '하쿠사이'라는 한자 발음을 사용하지 않고 '구다라'라고 한다. '구다라'라는 말은 어디에서 왔을까? 일본에 간 백제사람들에게 "어디서 오셨습니까?" 하고 물으면 "큰 나라에서 왔습니다."라고 대답했다. 그 말이 일본식 발음으로 변해 '구다라'가 되었다고 한다. 백제와 일본의 교류는 아주 오랫동안 이어졌다. 일본의 천황이 살았던 곳은 지금도 '나라'라고 부르고 있다. 이것도 백제 말에서 유래된 것이라 한다.

　우리나라에서 부인을 가리키는 말에 여러 가지가 있다. 여편네(옆에 있는 사람), 마누라(마주 누운 사람) 등등. 그러니 각방을 쓰면 이미 마누라나 여편네의 자격을 상실한 것이다. 멋이라는 말은 맛에서 왔다고 한다. 맛은 백성들의 용어이고 멋은 귀족들의 용어라고 한다. '어' 다르고

'아' 다르다는 말도 있다. 맛은 미각적인 느낌을 말하고 멋은 시각적인 느낌을 말한다. '맛깔스럽다'라는 말이나 '멋지다', '멋스럽다'는 말이 같은 의미로 사용되기도 한다.

그중에 감칠맛이라는 말이 있다. 맛 중에서도 아주 높은 수준의 맛이다. 그것은 옛날 단맛을 내기 위해 조청을 만들 때 사용하던 말이었다. 조청은 엿기름과 쌀가루를 솥에 넣고 졸이고 졸이면 당도가 높은 조청이 된다. 조청을 만들 때 너무 졸여도 되지 않고 너무 연하게 달여도 당도가 떨어진다. 그것을 만들 때 무쇠솥에서 주걱으로 휘휘 저어 졸이면서 검지에 조청을 찍어 맛볼 때 손가락에 붙은 조청이 아래로 떨어지기 때문에 그것을 손가락에 감아서 먹는 맛, 바로 그 맛을 감칠맛이라고 했다. 그 감칠맛은 표현 그대로 단맛을 극대화시킨 말이다. 매우 맛있고 달콤한 맛을 가리킨다. 그런데 이 감칠맛이 1950년대 우리나라 재판소에서 아주 중요한 판결문에 사용된 적이 있었다.

1950년대 우리나라 사람들의 삶이란 매우 고단하였다. 트럭을 가지고 서울과 강릉 간 물건을 싣고 왔다 갔다 하던 총각 운전수가 있었다. 지금이야 KTX가 있어 한 시간 반이면 서울 강릉 간을 주파할 수 있지만, 그 시절은 대관령 근방에서 하룻밤을 묵어야 그 다음날 강릉에 도착할 수 있던 멀고도 험한 길이었다. 이 총각 운전수는 대관령 주막집에서 하루를 묵고 가게 되었고 그 주막집이 어느덧 단골집이 되었다. 그 집에는 과부 아줌마와 나이가 든 딸이 살고 있었다. 단골이 된 트럭 운전수는 자연스럽게 그 딸과 가까워졌으며 해가 바뀌면 결혼하기로 약속되어 있었다. 한 달에 두세 번 서울과 강릉 사이를 왕래하던 총각 운전수는 그 집 딸과 알콩달콩 사랑을 나누게 되었다. 그러던 어느 여름날 억수로 비가 오는 저녁 무렵 총각 운전수가 주막에 묵게 되었다. 술이 약한 총각이었으나 소나무 숲속을 스치는 비바람 소리에 한 주전자의 술을 다 비우고 나서 정신이 알딸딸해져 잠이 들었다. 한밤중에 소변을 보고 방으로 들어왔다. 언제나 처녀는 문지방 옆에서 잠을 자고 그 너머 과부 아줌마가 자는 자리였다. 아직도 술이 덜 깬 총각은 보통 때처럼 문지방 앞에 있는 여인을 품에 안고 운우지정을 나누었다. 그런데 취기가 가시면서 돌아보니 아뿔싸! 금방 운우지정을 나눈 상대가 그 집 딸이 아니라 그 주모였으니 정신이 아찔했다. 그날 밤 두 사람의 잠자리가 바뀐 것을 몰랐던 것이다. 난감해진 총각 운전수는 다음날 아침을 대충 챙겨 먹고 강릉으로 가서 일을 본 뒤 서울로 올라갔다. 난처해진 총각 트럭 운전수는 강릉으로 갈 때 하룻밤을 쉬어가던 숙소를 어쩔 수 없이 다른 주막집으로 바꾸고 그 집과 발길을 끊고 말았다. 이제나 저제나 기다리던 주모는 아무리 기다려도 소식이 없는 총각 운전수를 그냥 둘 수 없었다. 궁리 끝에 춘천지방 검찰청에 총각 운전수를 강간죄로 고소하게 되었다. 이쯤 되면 그 처자와 혼인 문제도 절단이 나겠지만 주모는 너무 화가 나 이판사판이 되고 말았다. 강간죄로 고소장을 받은 재판장은 전후 사정을 살펴보니 총각 운전수가 큰 잘못을 저지른 것이라 생각되었다.

재판일을 정해 고소인과 피고인을 재판정에 불러놓고 피고소인의 진술을 듣기로 했다. 총각 운전수가 그날의 상황을 설명하며 말했다. "술이 약한 저는 그날 한 주전자나 되는 술을 다 마셔서 정신이 혼미한 상태였기 때문에 기억이 아물아물해서 어떻게 된 것인지 잘 생각이 나지 않습니다. 그날 잠결에 손가락이 들어갔는지 발가락이 들어갔는지 알 수는 없지만 강간이라니 말이 되지 않습니다. 재판장님의 관대한 처분을 바랍니다." 이에 재판장은 고소인 주모에게 그날 밤 일어난 일을 하나도 빠짐없이 상세하게 진술하라고 말했다. 주모는 얼굴을 똑바로 들고 총각이 한 말에 대해 "야, 이놈아! 세상에 손가락 발가락에 그처럼 감칠맛이 난단 말이야? 재판장님, 저놈이 거짓말을 하고 있으니 최대 형량으로 처벌해 주시기를 바랍니다." 하고 진술을 끝냈다. 재판장은 잠시 후 판결봉을 세 번 치고 휴정을 선언한 뒤 안으로 들어갔다. 주모는 이제 저놈은 곧 큰 벌을 받게 될 것이며 인생살이가 막막하게 될 것이라 생각하고 있었다.

한참 후 다시 재판이 열리게 되었다. 재판장은 판결문을 낭독했다. "본건 재판의 결과 트럭 운전수 ＊＊＊에게 무죄를 선고한다." 고소인 주모는 깜짝 놀라 세상에 이런 일이 있을 수 있느냐고 큰 소리로 항의했다. 분명 손가락 발가락이 아닌 감칠맛이 나는 물건인데 왜 무죄를 내리는 것이냐고 항의했다. 그러자 재판장이 하는 말, "강간죄 성립 요건에 따르면 사람들이 많이 다니는 길에서 400미터 이상 떨어진 곳에서 사건이 발생하거나, 사건 발생 당시 본인이 희열을 느끼게 되면 화간으로 간주됩니다. 따라서 피고인이 감칠맛을 느낀 것은 강간이 아닌 화간으로 볼 수밖에 없습니다." 하고 의사봉을 다시 세 번 두드려 판결을 끝마쳤다.

　이것은 60년 전의 이야기이다. 2013년 개정된 강간 관련법은 옛날 법과 많이도 달라졌다. 그러나 최근에는 성추행 또는 성희롱에 관한 새로운 법률이 만들어져 성범죄에 대한 처벌이 더욱 강화되고 있다. 아름다운 여성을 보면 마음이 동하는 것이 남성들의 본성이다. 아름다운 여성에게 눈길 한 번 잘못 주어도 성추행이 되고, 말 한마디 잘못했다가는 성희롱으로 인생이 망가지는 세상이다. 좋은 것이 좋고, 아름다운 것을 아름답다고 말했다고 하여 죄가 되는 경우도 있다. 거기다가 약간만 야한 이야기가 입 밖으로 나오는 순간 곧바로 난처한 상황에 처할 수 있다. 요즘 세상, 정신을 바짝 차리지 않고서는 살아가기 어려운 세상이 되고 말았다. 요즈음 세상 변해도 참 많이 변했다.

차수茶壽

중국 사람들은 세월이 가면 먹는 나이를 가지고 여러 가지 등급을 매겨놓고 자축하거나 축하연을 열기도 한다. 육십 갑자가 돌아오는 회갑回甲, 70세가 될 때 칠순七旬, 77세 때를 희수喜壽, 88세에는 미수米壽, 99세 때는 백수白壽, 그리고 108세 때를 차수茶壽라 부르며 기념한다. 또한, 111세가 되면 황수皇壽라고 한다.

차수가 108세를 나타내는 이유는 차茶라는 글자를 파자해 보면 쉽게 알 수 있다. 초++ 두 자는 열십+ 두 개로 20이 되고, 아래 팔八자, 열십+ 그 아래 팔八자로 88이 되어 모두 합치면 108이 된다. 즉, 차를 마시면 108세까지 건강하게 오래 살 수 있다는 의미가 담겨 있다. 차의 역사를 살펴보면 이 말이 빈말이 아님을 쉽게 알 수 있다.

차나무가 이 세상에 처음 소개된 것은 고대 중국 삼황오제 시대 신농 황제 때라고 한다. 신농은 약초를 찾아다니던 중 실수로 독초를 입에 넣게 되었는데, 눈앞에 있던 식물의 잎을 먹고 해독되었다고 전해진다. 이 식물이 바로 차나무였다. 중국에서는 오랫동안 차가 약초로 사용되어 왔다. 삼국지를 보면 유비가 어머니의 병 치료를 위해 집안에 내려온 보검을 팔아 차를 샀다는 이야기도 나온다.

차의 효능 중 하나는 혈관을 깨끗하게 만들어주는 것이다. 나이가 들면 대부분의 노환은 혈관 기능이 약화되어 혈액 순환이 나빠지면서 발생한다. 인체에는 지구를 두 바퀴 반이나 돌 수 있을 만큼 많은 혈관을 가지고 있다. 이 혈관은 나이가 들면서 콜레스테롤이 쌓이고 혈관 벽이 두꺼워져 탄력성이 줄어들게 되며, 이로 인해 혈액 공급에 문제가 생긴다. 특히 뇌혈관은 매우 미세하기 때문에 문제가 생기면 즉시 비상사태가 발생한다. 오늘날 나이 든 사람들이 가장 두려워하는 치매 역시 뇌혈관과 깊은 관련이 있는 질병이다. 뇌혈관에 문제가 생기면 곧바로 병원으로 이송해야 생명을 유지할 수 있으나 조금만 늦어도 회복이 불가능해져 사망하거나 반신불수가 되거나 심지어 식물인간이 될 수도 있다. 따라서 나이가 들수록 혈관을 잘 관리하는 것이 매우 중요하다.

역사적으로도 차를 오래 마시며 차 생활을 해온 차인들은 대부분 장수했다. 가야 시대에 중국에서 들어온 차는 신라 시대를 거쳐 고려 시대에 불교와 함께 크게 번성했다. 고려 초기에 중국에서 선불교禅佛敎를 들여온 의상 대사는 차에 관한 많은 활동을 했으며, 고려 말기에 삼은이라 불린 목은 이색, 포은 정몽주, 야은 길재 역시 차를 즐긴 차인들이었다.

불교를 배척하고 유교를 기반으로 세워진 조선 시대에는 스님이나 선비들 사이에서만 차 문화가 이어졌고, 일반 백성들과는 멀어졌다. 조선 말기 차 문화가 쇠퇴해가던 시절, 이를 되살린 세 사람은 다산 정약용, 초의 선사, 그리고 추사 김정희였다.

다산 정약용은 18년간의 긴 귀양살이를 하며 고생을 하였으나 74세로 천수를 다했다. 증조부가 영조의 부마였던 집안에서 금수저로 태어난 추사는 당대 최고의 학자였으나, 말년에 8년이라는 긴 세월 동안 제주도 귀양살이를 하며 모진 고난을 겪었으나 그 역시 70세의 나이로 생을 마감했다. 또한, 다산의 제자이자 동갑내기인 추사와 절친했던 초의 선사는 추사보다 10년을 더 살다가 80세에 세상을 떠났다. 그 시대에 이 정도 나이면 장수했다고 할 수 있으며, 이들이 건강하게 오래 살 수 있었던 것은 모두 차를 좋아해 꾸준히 이어온 차 생활 덕분이라고 할 수 있다.

해방 이후 1980년대 초에 차 문화 바람이 서서히 일기 시작할 무렵, 전국적으로 많은 차 동아리가 만들어져 차 문화 발전에 크게 기여하게 되었다. 그중에서도 가장 오래된 사단법인 '차인연합회'를 이끌어왔던 박동선 이사장은 89세, 박권흠 회장은 올해 92세로 또한, 1986년에 창립된 영남차회 회장을 지낸 모산 심재완 박사는 93세까지 건강하게 지내다가 돌아가셨다. 이처럼 오늘날 차인들 역시 장수한다는 말이 나올 수밖에 없을 것이다.

건강은 타고나야 하지만, 그에 못지않게 어떻게 관리하느냐에 따라 오래 살아남기도 하고 젊은 나이에 목숨을 잃기도 한다. 차수 108세, 희망을 가지고 목표를 세워 꾸준히 건전한 차 생활을 해나간다면 결코 불가능한 일이 아니다. 차 연구가들은 하루에 6잔 정도 차를 마시는 것이 가장 좋은 건강 관리법이라고 말한다.

우리나라에는 오랜 역사와 전통을 자랑하는 명품 차들이 많이 있다. 대표적인 것으로는 제주도의 설록차雪綠茶, 보성의 무우차無憂茶, 김해의 장군차將軍茶, 하동의 왕의 녹차 등이 있다. 차에는 비발효차로 녹차, 우롱차, 홍차가 있고, 미생물 발효차로는 보이차나 흑차 등이 있다. 이 중에서 건강에 가장 좋은 것은 녹차라고 한다.

모든 음식이 그렇듯이 차도 자신의 몸에 잘 맞는 것을 선택해 마셔야 건강을 지킬 수 있다. 위장이 약한 사람은 빈속에 녹차를 마시면 부담이 될 때가 있다. 이때에는 다식을 먹은 후 녹차를 마시거나, 그래도 부담이 된다면 녹차 대신 위에 부담이 적은 우롱차나 홍차로 바꾸거나, 아니면 시간대를 달리하여 자신에게 맞는 차와 마시는 방법을 찾아야 한다. 세상만사가 그렇듯이 건강을 지키는 것도 저절로 되는 것이 아니라 상당한 공부와 노력이 필요한 것이다.

3

숲 짓는 마음

호미곶 소나무

구룡포읍에서 해안 도로를 따라 호미곶 해맞이 공원으로 가는 길은 오른쪽에 푸른 바다가 보이고 왼쪽에는 대보리 고금산 자락의 울창한 소나무 숲이 아름다운 곳이다. 최근에는 포항시에서 연오랑세오녀 테마 공원과 바다 위에 해안 올레길을 만들어 호미곶을 찾는 관광객은 매년 늘어나고 있다.

2, 3년 전만 해도 호미곶면 고금산 주변은 항상 푸른 숲으로 덮여 있었다. 그러나 작년부터 자동차를 타고 가다 보면 왼쪽 산 능선에 이상한 징조가 눈에 띄기 시작했다. 재선충 피해를 받아 빨갛게 말라 죽은 소나무들이었다. 올해 7월 말 인재원에서 하룻밤을 지내고 호미곶으로 오면서 바라본 고금산 쪽의 소나무는 거의 다 빨갛게 말라 죽어 있었다. 한여름 푸르게 자라야 할 숲이 처참한 몰골이 되어 있었다. 대보 호미곶을 지나 대동배리 봉화산 쪽 소나무 재선충 피해는 더욱 심해 수백 년이 된 당산목 소나무까지도 다 죽고 말았다고 한다.

소나무는 우리나라 국목國木이다. 우리 겨레가 한반도에 터를 잡고 살아온 그 긴 세월을 우리 민족과 함께 살아온 나무가 소나무이다. 선조들의 시와 노래에도 소나무는 빠지지 않았다. 이러한 소나무가 벌채되거나 송진 채취 등 일제 수탈로 크게 훼손되었다. 해방 이후 한국전쟁으로 산림은 더욱더 황폐해졌다. 1960년대에는 송충이 때문에 큰 피해를 보았다. 그때 중고등학교 학생들뿐만 아니라 어린 초등학생들까지 산에 올라 송충이를 잡는 일이 일과 중 하나가 되었다. 1970년대 온 국민의 열정으로 산림녹화가 이루어지면서 나무가 자라고 숲이 만들어졌으며 숲은 습기를 머금어 송충이가 없어지게 되었다. 그러나 소나무를 해치는 솔잎혹파리가 나타나 남쪽에서부터 북쪽으로 파도처럼 퍼져나갔다. 크기가 2mm도 되지 않는 작은 솔잎혹파리가 소나무 잎 사이에 알을 낳고 그 알이 부화하면 소나무의 영양분을 빨아먹으면서 소나무 생장에 큰 피해를 주었다. 이 솔잎혹파리가 성충이 되어 교배하고 알을 낳는 기간은 약 2주 정도인데 이때 솔잎혹파리를 방제하기 위해 비행기로 살충제를 뿌려야만 했다. 그러나 매년 기후 여건에 따라 솔잎혹파리의 부화 시기가 달라 항공방제의 시기를 결정하는 데 어려움을 겪고 있었다. 그 당시 임업시험장 병해충과 고재호 과장이 아까시나무 꽃이 필 때 부화한다는 사실을 밝혀내어 효과적인 항공방제가 시작되었다. 그러나 아카시아 꿀을 생산하는 양봉업자들에게 큰 피해를 주었기 때문에 많은 민원이 발생하기도 했다. 남쪽에서 북쪽까지 한두 차례 오르락내리락하던 솔잎혹파리도 숲이 건강하게 자라면서 거의 사라졌다. 솔잎혹파리나 송충이의 피해는 나무를 100% 죽이지는 않는다. 피해가 심할 때는 약 80%

정도의 생장이 억제되는 피해를 보였으나 다음 해 봄에는 복구되었다.

1980년대 말 일본에서 부산으로 건너온 소나무 재선충은 송충이나 솔잎혹파리와는 전혀 다른 무서운 해충이었다. 이미 일본은 1980년대 소나무 재선충 피해로 소나무를 포기하였다. 그러나 그들에게는 주 수종인 삼나무와 편백이 있었기 때문에 소나무가 죽어 없어져도 국가 산림정책에 큰 문제가 발생하지 않았다.

우리나라는 사정이 다르다. 우리나라 산림 면적 630만 헥타르, 그중 약 200만 헥타르가 소나무림으로 추정되고 있다. 우리나라 산에 소나무가 없다고 하면 우리나라 산림은 깡그리 망할 수밖에 없다.

재선충에 감염된 수염치레하늘소가 소나무 잎을 갉아먹으면 1mm도 되지 않은 선충이 소나무로 들어가 물관을 막아버리니 재선충에 감염된 소나무는 2~3개월 안에 100% 빨갛게 말라 죽고 만다. 처음 피해가 발생한 1980년 말부터 산림청에서는 철두철미한 방제에 온 힘을 쏟아 부었다.

산림청에서는 재선충 피해목이 발견되면 그 즉시 그 나무를 베어 현장에 쌓아 비닐로 밀봉하고 그 안에 훈증제를 넣어 6개월 이상 보존하는 것이 재선충을 방제하는 방법이었다. 피해목을 다른 곳으로 반출하지 못하게 철저히 감시하였다. 그러나 부산 지역의 재선충 피해목이 다른 지방으로 흘러나가 재선충 피해가 전국적으로 확산되기 시작했다.

2000년도에 들어서면서부터 재선충에 대한 국민적 관심이 여전히 높아지고 있었으며 행정기관에서도 일반 시민들의 피해목 신고에 적극적으로 대응했던 시기였다. 2021년도 대구 근교 산행을 하다가 재선충 피해 소나무를 발견하고 해당 군 산림과에 전화로 신고를 했더니 담당자가 알았다고 대답을 하였다. 그 뒤 그곳을 다시 가보았으나 소나무 재선충 피해목은 그대로 방치되어 있었다. 뒤에 들은 이야기이지만 산림병해충 방제 예산이 부족하여 아무런 조치를 취할 수 없었다고 하였다.

산림청 및 지자체 산림과의 관심이 멀어지면서 재선충은 무서운 속도로 번져 나갔다. 숲이 없다면 국민의 건강을 지켜주는 산을 찾는 등산이나 숲을 통한 치유나 숲속의 편안함을 즐길 수 없게 될 것이다.

호미곶면 일대의 재선충 피해지를 보고 놀라지 않을 수 없었다. 이미 소나무 재선충의 피해를 관리할 수 있는 상황이 아니었다. 거의 모든 소나무가 재선충에 감염되어 죽고 말았다. 그 피해지는 마치 전쟁터를 방불케 했다. 피해지를 보는 사람들은 그 참상에 말을 잇지 못했다.

경북일보는 작년 말, 그리고 올해 초부터 호미곶면 재선충 문제의 심각성을 지적하고 있다. 포항시에서는 소나무 재선충 피해목을 목재 칩으로 만들어 이용하고 그 빈자리에 편백을 심겠다고 한다.

울산 MBC 방송국은 2024년 초반부터 소나무 재선충 피해가 포항과 경주를 중심으로 동해안 지역과, 경북 성주와 고령, 경남 밀양을 연결하는 낙동강 벨트 주변 지역에서 크게 번지고 있다고 보도하고 있다.

소나무 재선충 피해지가 이렇게 급속도로 확산되고 있다면 전국에 있는 소나무가 멸종 위기에 처할지 모를 일이다. 우리가 혼신의 힘을 다해 산림녹화를 성공시켜 아름다움을 되찾은 산이 처참한 황무지로 변하고 말 것이다. 이러한 숲을 만들고 지켜온 우리 임업인 1세대들은 이 사태를 그냥 앉아서만 볼 수만은 없는 일일 것이다.

60, 70년대 민관이 일치단결하여 산림녹화 사업에 성공했던 불굴의 국민정신을 되살려 지금까지 겪어보지 못했던 크나큰 환난 앞에 서 있는 우리의 국목 소나무를 지키고 살리는 일에 다시 함께 나서야 할 것이다.

유전자변형식품

오늘날 지구는 심각한 생존 위기에 처해 있다. 지구 온난화로 생태계가 혼란에 빠져 가고 있으며, 과중한 산업화로 생활환경이 피폐해져, 80억 명에 달하는 인구 중 13%인 10억 명이 기아에 허덕이고 있다.

기하급수적으로 증가해온 인구를 먹여 살릴 수 있었던 것은 재배작물에 대한 새로운 품종 육성과 재배 환경에 대한 꾸준한 노력 덕분이다. 그러나 기존의 육종 기술만으로는 더 나은 신품종을 육성하는 데 한계가 있다.

1900년에 시작된 유전학은 80여 년 만에 "유전자 형질 전환 기술"이라는 새로운 육종 기술을 선보이게 되었다. 같은 종이 아니면 교배가 불가능했던 기존의 방식과 달리, 이제는 같은 식물 종 내에서는 물론 식물, 동물, 미생물 간에도 유전자를 쉽게 도입할 수 있는 유전공학이 탄생했다.

이러한 유전자 형질 전환 기술을 통해 새롭게 만들어진 생물체를 GM(Gene Modification), GMO(Gene Modified Organism) 또는 LMO(Living Modified Organism)라고 부른다. 2000년 UN 환경 전문 기구에서 바이오 안전성 협약서를 만들 때 LMO라는 단어를 공식적으로 사용하였다.

앨빈 토플러는 2006년 "Revolutionary Wealth"라는 책에서 유전자 변형 식품이 기하급수적으로 증가하고 있는 지구상의 인류를 기아에서 구할 수 있는 유일한 방법이 될 것이라고 제시하면서 "세상은 환경적으로 안전한 유전자 변형 식품과 기타 생명공학 제품을 생산하고 이용하는 방향으로 움직일 것"이라고 전망하였다.

유전자 변형 생물체(GM 또는 LMO)는 1996년 미국 몬산토사에서 제초제 저항성 콩 품종이 상업화된 이래 콩을 비롯하여 옥수수, 감자, 유채, 목화 등의 작물이 현재 23개국에서 재배되고 있으며, 52개 국가에서 이를 소비하고 있다.

미국에서 재배하고 있는 내병충성 또는 제초제 저항성 유전자를 가진 GMO 작물을 재배함으로써 살충제 사용량이 감소하고 수확량이 증가하여 89%에 달하는 소득 증대를 달성했다고 보고하고 있으며, 생태계 파괴, 토양 오염 등 피해를 크게 줄였다고 한다. 또한 미국뿐만 아니라 우리나라 농산물의 주요 수입국 중 하나인 중국에서도 GMO 재배 면적을 늘리려는 정부 지원을 적극적으로 검토하고 있다.

2000년에 UN 환경 전문 기구인 유엔환경계획(United Nations Enviro
-nment Programme)이 제정한 "생물 다양성 협약(Convention on
Biological Diversity: CBD)"의 "바이오안전성에 관한 카르타헤나 의정
서"가 2000년 1월 캐나다 몬트리올에서 개최된 생물 다양성 협약 특별
당사국 총회에서 채택되었다.

우리나라는 2000년 8월 "유전자 변형 생물체의 국가 간 이동 등에 관
한 법률" 제정안을 입법예고하였으며, 2007년 8월에는 GMO 법 통합 고
시 제정안을 입법 예고하고, 의정서 비준서를 유엔 사무국에 기탁하여
2008년 1월 1일부터 GMO 법이 시행되었다.

이 법이 시행된 2008년 1월 1일부터 11월까지 식품용 옥수수 71만 톤,
식품용 콩(식용유 제조용) 72만 톤, 사료용 옥수수 668만 톤, 기타 사료
용 곡물 8만여 톤이 수입 승인되어 국내에 반입되어 사용되었다.

또한 재배 과정에서 교배 방법을 통하지 않고 삽입된 유전자가 자연
상태로 유출되어 다른 식물에 삽입됨으로써 잡초가 제초제 내성을 갖
게 되지 않을지, 마찬가지로 다른 생물로 삽입되어 상상을 초월한 새로
운 생명체가 나타나지 않을지 등에 대한 막연한 불안감이 만연되어 있
는 실정이다.

LMO에 대한 소비자들의 불안감은 다음과 같은 여러 가지 우려를 포함하고 있다. 다른 생물체에 삽입된 유전자로 제조된 식물체에서 해로운 유전자가 생성되지 않는지, 새로 형성된 단백질들이 복잡한 과정을 통해 독성 단백질로 변하지 않는지, 그리고 이를 장기간 섭취했을 때 인간의 차대생산능력에 문제가 없는지에 대한 것이다.

그동안 이러한 의문에 대해 미국을 비롯한 EU 여러 나라에서 많은 연구가 진행되어 왔으나, 아직까지 확실한 부정적 결과는 발표되지 않았다. 그러나 단기간의 실험만으로는 알 수 없는 결과에 대해 장기간 연구가 진행 중이기 때문에, 아직 속단하기는 매우 어렵다.

그러나 GMO에 대한 소비자들의 우려는 매우 높은 실정이다. 따라서 GMO 안전성에 대한 법적 관리를 철저히 진행하여 국민의 건강을 보호해야 할 뿐만 아니라, 막연한 불안감에 사로잡힌 60% 이상의 국민들에게 GMO에 대한 정확한 정보를 제공하여 안정된 마음으로 GMO에 대응할 수 있도록 해야 한다. 일본의 경우, 지속적인 GMO 홍보를 통해 GMO가 기존 품종과 큰 차이가 없다는 인식을 가진 소비자가 40%에 달하며, 절대적으로 GMO 농작물을 반대하는 사람은 10% 정도로, 일본 내에서는 적극적이든 소극적이든 GMO 수용 의식이 점차 증가하고 있는 추세이다.

우리나라가 식량을 자급자족하지 않는 한, 이러한 GMO 곡물의 수입은 계속 증가할 것이며, 앞으로는 곡물뿐만 아니라 산업용, 보건 의료용, 환경 정화용, 해양용, 시험 연구용 등으로 급격히 사용량이 늘어날 것으로 예측된다.

GMO 상용화를 처음 시도한 몬산토사는 특허권을 앞세워 세계 GMO 시장을 완전히 지배하려 한다는 의심을 받고 있다. 우리나라의 생물 공학 기술 수준은 선진국에 뒤지지 않으며, 제초제 저항성 잔디, 제초제 저항성 콩, 형질 전환된 기능성 고추, 배추, 무 등이 연구 중이며, 기능성 재배 작물 종에 대한 유전 공학적 연구도 상당한 수준에 이르렀다. 임목의 경우에도 관련 대학과 연구소에서 재질 향상 유전자, 제초제 저항성 유전자, 식물 환경 복원 유전자, 기능성 물질 생산 유전자, 순 생산성 향상 유전자, 내병성 유전자 등 다양한 기능성 임목을 창출하는 연구에 매진하고 있다.

그러나 이러한 일들이 국가 안전성 검증을 통과하여 다른 나라의 GMO 신품종보다 빠른 시일 내에 상용화되어야만 연구 목적을 달성할 수 있을 것이다. 현재까지는 국내에서 형질 전환에 성공하여 안정성 검증이 완료된 생물체는 없으며, GMO 종자도 외국에서 도입되어 재배가 허가된 적이 없다.

GMO는 현재 우리들에게 뜨거운 감자와 같다. 버리기도 쉽지 않고 먹기에도 어려운 상황에 처해 있다. 이러한 때에 우리가 할 수 있는 것은

GMO의 안전성에 대해 더욱 철저한 대응책을 마련하여 소비자를 안심시키는 것이다. 우리나라도 점점 치열해지는 GMO 국제 시장에 적극적으로 참여하도록 생명공학의 R&D 사업을 지원하여 생물공학 연구의 지평을 넓혀 나가야 할 것이다.

장릉莊陵의 정령송精靈松

가을은 바람과 함께 온다. 추수가 끝난 황량한 벌판을 불어오는 바람과 솔숲을 스치는 바람은 그 느낌이 서로 다르다. 영월 장릉은 여러 번 찾았지만, 이번에야 '정령송'을 만났다.

단종의 유배 길을 함께했던 금부도사 왕방연王邦衍은 이제 열일곱 살이 된 노산군에게 눈물로 작별을 고하고, 한양으로 돌아가는 길에 올랐다. 단종을 영월로 모시고 오기까지 여러 고을을 지나는 동안, 단종의 처지를 애처롭게 여긴 백성들이 구름처럼 몰려나와 눈물을 흘리던 모습을 왕방연은 기억하고 있었다. 그의 마음 역시 깊은 슬픔으로 가득 찼다. 왕방연은 주천강가에 걸음을 멈추고, 가슴에 맺힌 응어리를 시조로 남겼다.

천만 리 머나먼 길에 고운 님 여의옵고
내 마음 둘 데 없어 냇가에 앉았으니
저 물도 내 마음 같아 울며 흘러가는구나.

당시 백성들의 마음도 이 시조를 읊은 왕방연의 심정과도 같았을 것이다.

청령포 유배지에 도착한 단종은 이곳에 마련된 초라한 초가집에 짐을 풀었다. 한양을 떠날 때는 마음이 급해 미처 생각하지 못했던 일들이 주마등처럼 스쳐 지나갔다.

단종은 태어나자마자 어머니인 현덕왕후가 돌아가셨다. 할아버지 세종대왕과 할머니 소헌왕후는 세손으로 책봉된 단종의 영특함을 볼 때마다 늘 기뻐했다. 단종이 아홉 살이 되던 해, 할아버지 세종대왕이 서거하고, 아버지 문종이 왕위에 올랐다. 그러나 문종은 병약한 몸으로 인해 재위 2년여 만에 세상을 떠나게 되었고, 결국 열한 살의 어린 단종이 왕위에 오르게 되었다.

어린 나이에 왕위에 오르면 궁중의 어른들이 수렴청정을 하는 것이 일반적인 관례였지만, 단종에게는 그런 어른들이 남아 있지 않았다. 오직 세종대왕과 문종이 생전에 어린 왕자가 즉위할 경우를 대비해 단단히 당부해 두었던 김종서, 황보인, 집현전 학자들과 고명대신들만이 단종을 지키고 있었다.

그러나 숙부인 수양대군은 계유정난을 일으켜 단종을 보호하던 이들을 모두 제거하고 정권을 장악했다. 그리고 열세 살의 단종을 협박하여 왕위를 빼앗은 뒤, 그를 상왕 자리로 물러나게 했다. 상왕이 된 단종은 이후 성삼문이 주도한 복위 계획이 사전에 발각되면서, 사육신을 비롯한 많은 신하들이 죽임을 당했다. 단종은 결국 노산군으로 강등되었고, 이어 멀고도 외진 이곳 영월 청령포로 유배되었다.

청령포는 서쪽이 암벽으로 막혀 있고, 삼면은 주천강이 휘감아 흐르는 물길로 둘러싸여 있어 배가 없으면 오고 갈 수 없는 유배지였다. 지금도 깊은 산골이지만, 그 당시에는 더욱 적막하고 황량한 곳이었을 것이다.

단종이 이곳에서 지은 어제시御製詩를 보면, 당시의 상황을 짐작할 수 있다.

> 천추의 원한을 깊이 품은 채
> 적막한 영월 땅 황량한 산속이라네
> 만고의 외로운 혼이 홀로 헤매는데
> 푸른 솔은 옛 동산에 우거졌구나
> 고개 위 나무는 끝없이 넓은 하늘에 늙었고
> 냇물은 돌에 부딪혀 요란도 하다
> 산이 깊어 맹수도 득실거리니
> 저물기 전에 사립문을 닫노라

청령포에 머무는 동안, 단종은 서쪽 노산대에 높이 8m가 넘는 망향탑을 쌓고, 한양에 남겨둔 정순왕후를 그리워했다. 억울한 마음을 달랠 길 없어, 그는 노산대 아래 소나무 가지에 앉아 비통한 마음을 삭이며 눈물을 흘렸다. 이 소나무는 단종의 깊은 슬픔을 보고 들었다 하여 관음송觀音松 이라는 이름이 붙었으며, 현재 천연기념물 제349호로 지정되어 있다. 관음송은 나라에 큰일이 있을 때 나무껍질의 색이 검게 변해

변고를 알리는 신령스러운 나무로 알려져 있으며, 마을 주민들의 깊은 사랑을 받고 있다.

이곳에서 한두 달을 보낸 단종은, 홍수의 위험이 있는 청령포를 떠나 영월 객사인 관풍헌觀風軒으로 유배지를 옮겼다.

같은 해 9월, 수양대군의 동생 금성대군이 단종 복위를 꾀하다가 붙잡혀 능지처참을 당했다. 이 일로 단종 역시 노산군에서 서인庶人으로 강등되어 더욱 처참한 신세가 되었다.

단종은 영월에 있는 자규루에 올라 영월군루작寧越郡樓作이란 시를 지으며 슬픔을 달랬다.

한 마리 원통한 새 되어 왕궁을 나와 / 외로운 몸, 외로운 그림자 푸른 산 속에 있네. 밤마다 잠을 이루려 하나 잠을 이룰 수 없고 / 해마다 한을 없애려 하나 한은 다하지 않네. 두견새 울음 그친 새벽, 조각달만 밝고 / 봄 골짜기 피눈물 젖은 꽃잎도 붉게 지네. 하늘은 귀가 먹어 내 슬픈 하소연 듣지 못하니 / 근심에 잠긴 이내 귀는 어찌 홀로 밝은가?

열일곱 살 어린 왕, 단종의 심정을 구구절절 담아낸 명시다. 지금 읽어도 그 깊은 한이 두견새의 울음이 되어, 우리 마음을 먹먹하게 울리는 듯하다.

　사육신 등이 죽음을 당한 뒤에도 금성대군 등이 주도한 단종 복위 시도가 계속 이어지자, 세조의 신하들은 “단종을 살려두면 후환이 두렵다”며 사약을 내릴 것을 강력히 주장했다.

　마침내 같은 해 10월 24일, 사약을 들고 간 사람은 다름 아닌 왕방연이었다. 그러나 그는 사약을 차마 전하지 못하고 엎드려 울기만 했다. 그 순간, 엉뚱하게도 스스로 큰일을 한다고 여긴 한 노복이 단종의 목에 화살 줄을 걸어 잡아당겼다. 피가 얼굴에 낭자하게 흘렀고, 단종은 결국 숨을 거두고 말았다.

　청령포에 유배된 지 120일 만의 일이었다. 중죄인으로 죽은 단종의 시신은 후환이 두려워 아무도 손을 쓰지 않아 방치되었고, 강물에 버려져 떠내려가고 있었다. 이를 불쌍히 여긴 영월 호장 엄흥도는 목숨을 걸고 시신을 거두어 묘를 만들고 정성껏 보존하였다.

　단종은 죽은 지 200여 년이 지난 숙종 때 복권되어 종묘에 모셔졌으며, 영월의 묘소도 장릉莊陵이라는 이름을 얻어 왕릉의 위상을 갖추게 되었다. 또한 영조는 단종의 유배지인 청령포에 단종이 머물렀던 어소御所를 다시 세우고, 금표비禁標碑를 설치하여 이곳을 귀중한 유적지로 정비하였다.

　단종이 살아 있을 때, 유일한 안식처는 12살 때 혼인한 부인, 자신보다 한 살 위인 정순왕후 송 씨뿐이었다. 단종이 영월로 유배를 떠날 때, 정순왕후는 함께 가려 하였으나 청계천 영도교에서 포졸들에게 제지당해 끝내 이별하고 말았다. 단종이 유배되자, 정순왕후도 궁에서 쫓겨나

동대문 밖 숭인동 기슭의 초막에서, 궁에서 함께 나온 시녀 세 명과 더불어 동냥으로 얻어온 밥으로 겨우 끼니를 이어가며 연명하고 있었다.

단종이 죽었다는 사실을 알게 된 정순왕후는 매일 뒷산에 올라 영월이 있는 동쪽을 향해 통곡했으며, 그 소식을 들은 마을 사람들도 함께 올라와 그녀와 함께 울었다. 이 일로 인해 그곳은 '동정곡同情哭'이라 불리게 되었고, 후일 이 사연을 들은 영조는 뒷산에 '동망봉東望峰'이라는 이름을 지어 주었다.

정순왕후는 82세로 생을 마감할 때까지, 단종을 그리워하며 무려 65년 긴 세월을 혼자 살다가 세상을 떠났다. 세상을 떠난 후, 처음에는 단종의 누이 묘 근처에 묻혔으나, 숙종 연간, 노산군이 단종으로 추존되면서 정순왕후의 묘도 남양주에 있는 사릉思陵으로 옮겨졌다.

단종과 정순왕후의 애달픈 사랑 이야기를 들은 사람들은 두 사람의 영혼이 지금도 함께하길 바라는 마음을 가졌을 것이다. 그래서 남양주 사릉에 있는 정순왕후의 묘를 이곳 영월 장릉으로 이장하자는 의견도 있었지만, 결국 실현되지는 못했다. 그러나 두 사람의 영혼을 이어주는 통로가 필요하다고 생각한 이들이, 사릉에 있는 소나무 한 그루를 '정령송精靈松'이라 이름 짓고 이곳 장릉으로 옮겨 심었다.

아직 완전히 뿌리내리지 못해 그런지, 나무의 기세는 다소 약해 보이지만, 마치 정순왕후의 마음을 담은 듯, 장릉 쪽으로 고개를 숙인 정령송의 모습은 보는 이의 마음을 애잔하게 만든다. 장릉에서 주천강 너머 청령포를 바라보면, 슬프고도 애달픈 어린 왕에 대한 이야기가 곳곳에 겹겹이 쌓여 있는 듯하다.

영월군에서는 매년 단종 문화제가 열려, 전국에서 많은 관광객이 찾아와 큰 성황을 이룬다고 한다. 단종과 정순왕후, 두 영혼을 이어주는 다리가 되어준 '정령송'에는 그들이 미처 다 전하지 못했던 사랑의 이야기가 주천강 물안개처럼 피어오르고, 서리고, 또 서려 있는 것 같다.

숲 짓는 마음

　우리나라 전체 면적의 63%가 산이다. 산을 빼놓고 우리의 환경을 논할 수는 없다. 산은 우리 삶의 터전이며, 인간 생활의 초석이다. 물이 그렇고 공기가 그렇다. 산속 계곡의 오염은 실핏줄을 오염시키는 것과 같으며, 산속의 숲이 파괴되는 것은 심폐기능이 망가지는 것과 같다. 이러한 우리의 산들이 한국전쟁 이후 임업인들과 전국민의 피나는 노력으로 푸르름을 되찾아 산들의 모양이 갖추어지게 되었다.

　이제 많은 사람들이 경제적 산림으로 조성해야 한다거나, 관광과 휴양 자원 같은 3차 산업으로 임업이 가야 한다고 주장한다. 마치 임업이 1차, 2차 산업을 포기하고 3차 산업만이 유일한 살 길인 것처럼 잘못 보도되는 현실이 매우 우려스럽다. 그러나 산은 세상이 변해도 변함없이 나무들이 모여 이루어진 숲으로 덮여 있다. 산업 사회가 정보 사회로 바뀌고 1차, 2차 산업의 구분이 없어진다고 해도 나무는 나무고 숲은 숲이다. 나무가 자라고 이들이 모인 숲이 없으면 산은 이미 그 형상을 잃어버린 것이다. 그러므로 나무를 심고 가꾸고 잘 관리하는 것은 임업의 본연의 자세이며, 가장 기본이 되는 우리의 일이다.

프랑스 작가 장 지오노(Jean Giono)가 쓴 '나무를 심은 사람(Les Hommes qui Plantent des Arbres)'의 이야기를 요약해 덧붙인다.

40년 전, 나는 프로방스 지방으로 뻗어 내린 알프스 산지의 여행자들에게 전혀 알려지지 않은 고지대에서 장거리 하이킹을 했다. 그 황량한 땅은 3, 4천 피트 높이까지 펼쳐져 있었고, 단조롭고 헐벗은 황무지 외에는 아무것도 보이지 않았다. 사흘 동안 걸은 끝에 나는 사람이 상상할 수 있는 가장 황량한 장소에 도달했다. 버려진 마을 옆에 천막을 치고 물을 찾으려 했지만, 샘은 모두 말라 있었다. 집과 종탑이 있는 교회는 살아 있는 마을처럼 보였지만, 생명이라고는 찾아볼 수 없었다.

유월의 맑은 날이었고, 태양은 빛나고 있었지만, 이곳 황무지에는 바람이 차고 거칠었다. 바람은 껍질만 남은 버려진 집에서 먹이를 빼앗긴 짐승처럼 울부짖었다. 나는 그곳에 머물 수 없었다. 다섯 시간을 더 걸은 후에도 물을 찾지 못했고, 물을 발견할 희망도 없는 것 같았다. 그때 멀리 검은 그림자가 작게 보이는 것이 얼핏 보였다. 나는 그것이 홀로 서 있는 나무의 밑동이라고 생각하고 별 목적 없이 그쪽으로 걸어갔다. 그 것은 양치기였다. 서른 마리 가량의 양들이 그의 주위 메마른 풀밭에서 쉬고 있었다. 그는 호리병박의 물을 한 모금 마시게 해주었고, 고원의 움

푹한 곳에 자리 잡고 있는 그의 집으로 나를 데려갔다.

폐가를 고친 그의 집은 정갈했고, 옷들은 어찌나 잘 수선되어 있던지 고친 것이 거의 눈에 띄지 않을 정도였으며 단추 하나도 느슨하게 달려 있지 않았다. 그날 저녁 늦게 양치기는 작은 자루를 들고 와서 테이블 위에 도토리 한 무더기를 쏟아 내놓았다. 그는 조심스럽게 하나씩 살펴보고 상한 것과 온전한 것을 가려냈다. 백 개의 완전한 도토리를 골라낸 후 잠이 들었다. 우리는 별로 말을 나누지 않았지만, 매우 신뢰가 가는 분위기였다.

아침에 일어나서 노인이 개와 양들을 데리고 밖으로 나가자 나도 따라 나섰다. 한참 후에 구릉에 올라서 쇠막대기를 꺼내 10cm 정도 깊이로 구멍을 뚫고 어제 밤에 골라온 도토리를 한 알씩 넣은 후 발로 밟고 몇 발자국 걸어가서 다시 같은 작업을 반복했다. 나는 그 땅이 누구의 것인지 물어보았지만, 그는 땅 주인이 누구인지도 몰랐고 관심도 없는 것 같았다. 그는 백 개의 도토리를 조심스럽게 심고 있었다.

점심 식사 후에는 또 도토리를 골랐다. 내가 꼬치꼬치 캐물었음에도 불구하고 그는 기꺼이 대답해 주었다. 3년 전부터 그는 이 외로운 곳에서 나무를 심고 있었다. 그는 지금까지 심은 2만 개의 도토리 중 절반은 작은 동물이나 예측할 수 없는 일들로 사라질 것이라 예상하고 있었다. 그러면 전에는 나무라고는 없던 곳에 만 그루의 도토리나무가 남아 자랄 것이라고 했다.

그 양치기의 나이는 쉰다섯 살이고 이름은 엘지아 부피에라고 했다. 그는 하나뿐인 아들을 잃고 혼자서 이곳에서 살고 있었다. 그는 이 지역이 나무가 없어 죽어가고 있다고 느꼈고, 바쁜 일이 없었기 때문에 무언가 하기로 결심했다고 했다. 그는 앞으로 30년 후면 이만 그루의 도토리나무가 굉장한 숲을 이룰 것이라고 말했다. 그는 하느님이 허락하신다면 30년 동안 훨씬 더 많은 나무를 심어서, 지금 뿌리를 내린 만 그루의 나무는 바다에 물 한 방울 정도밖에 되지 않을 것이라고 소박하게 대답했다.

그는 또 너도밤나무를 키우는 방법을 공부하여 집 옆에 묘목장을 만들어 놓았고, 골짜기 바닥에는 자작나무를 심을 계획도 가지고 있었다. 그는 그곳 땅 아래로 1, 2피트만 내려가면 흙 속에 물이 있다고 했다.

그 다음 날, 나는 그곳을 떠났다. 그 다음 해 제1차 세계 대전의 시작이었고, 나는 5년간 군 복무를 하였다. 전쟁이 끝난 후, 약간의 퇴직금을 받았고, 순수한 공기를 마시고 싶은 강한 충동을 느꼈다. 다른 아무런 생각 없이, 나는 그 외로운 고지대를 향해 갔다. 그곳은 변하지 않았다. 그러나 버려진 마을 너머로 더 높은 땅 위에 베일처럼 드리워진 일종의 회색 안개 같은 것이 멀리 보였다.

바로 전날부터 나의 생각은 나무를 심던 양치기에게로 향하고 있었다. 특히 스무 살의 젊은이였던 나는 쉰 살이 넘은 사람을 죽는 것 외에 남은 일이 없는 늙은이로 생각했었기 때문에 엘지아 부피에가 죽었을지도 모른다고 생각하기는 어렵지 않았다. 그러나 그는 죽지 않았다. 아주 건강해 보였다. 양은 네 마리밖에 없었고, 백 통의 벌통을 가지고 있었다. 양들이 나무 심는 일에 방해가 되어서 양들을 버린 것이라고 했다. 나도 짐작할 수 있었지만, 그는 전쟁이 있는 줄 전혀 몰랐다고 말했다.

그는 조금도 흐트러짐 없이 나무 심기를 계속해 왔다. 그가 1910년에 심은 도토리나무들은 이제 10년이 되었고, 우리보다 키가 더 컸다. 그것은 놀라운 광경이었다. 나는 할 말을 잃었다.

우리는 그의 숲속을 말없이 걸었다. 숲은 세 부분으로 나뉘어 있었고, 가장 넓은 지점은 폭이 11킬로미터에 달했다. 이 모든 것이 현대 기술의 도움 없이 그의 손과 한 사람의 생각에서 비롯된 것임을 생각할 때, 나는 인간이 파괴가 아닌 창조에 있어서 신만큼이나 능력이 있을 수 있다는 것을 깨달았다. 그는 자신의 생각을 실천에 옮겼다. 눈길이 닿는 곳까지 뻗어 있는 자작나무가 그 증거였다. 도토리나무는 굵고 튼튼하게 자라나 이제 작은 동물에게 피해를 입을 염려가 없었다. 큰 폭풍이나 산불이 아닌 이상, 그 어떤 것도 그의 성취를 파괴할 수 없을 것 같았다.

자작나무는 골짜기의 바닥을 덮고 있었는데, 그가 짐작했던 대로 거의 지표면에 가까운 지하수면이 있었다. 그 나무들은 사춘기의 부드러움과 생기를 띠고 있었다. 이 작업은 연쇄적인 영향을 일으키고 있는 듯했다. 마을로 이어지는 길을 따라가며, 오랫동안 말라 있던 개울에 다시 물이 흐르는 모습을 보았다. 바람이 씨앗을 흩뿌렸고, 개울이 되살아난 것처럼 버드나무, 갈대, 초원, 정원, 그리고 다양한 식물들이 다시 자라고 있었다.

사냥꾼들은 고지대에 올라와 어린 나무들이 새롭게 많이 자라는 것을 보았지만, 그저 자연의 변덕이라 생각했고, 그래서 아무도 그의 일에 간섭하지 않았다. 마을 사람이든 관리든 간에 누가 이러한 굳건한 헌신의 꿈을 꿀 수가 있었겠는가? 1920년 이후로, 나는 한 해도 거르지 않고 엘지아 부피에를 찾아갔다. 그는 자신의 노력에 대해 주저하거나 의심하는 모습을 보인 적이 없었다. 그러나 그에게 어떤 시련이 있었는지는 오직 신만이 아실 것이다.

내가 그의 실패들을 기억하고 있는 것은 아니지만, 그러한 성공을 위해서는 그가 역경을 극복해야 했을 것이라는 것을 상상할 수 있다. 그가 마음에 깊이 품은 일을 훌륭하게 성취하기 위해 절망과 싸워야 했을 것이라는 점은 쉽게 짐작할 수 있었다. 어느 해에는 그가 단풍나무 씨앗을 만 개 이상 심었지만, 모두 죽어버렸다. 그 다음 해에는 너도밤나무를 심었고, 이는 도토리나무보다 더 성공적이었다.

1933년에는 산림 관리인이 놀라 그를 찾아왔다. 관리인은 그에게 "자생한 숲의 성장을 위협할 우려가 있으니 집 밖에서 불을 피우지 말라"는 경고를 했다. 관리인의 말에 따르면, 숲이 스스로 자라난 일은 처음 있는 일이었다. 당시 부피에는 자기 집에서 12킬로미터 떨어진 곳에서 너도밤나무 씨앗을 심고 있었다. 왕복하는 일을 줄이기 위해, 그는 일흔 다섯 살의 나이에도 불구하고 나무를 심고 있는 곳에 돌로 오두막을 지을 계획을 세웠고, 다음 해에 그 일을 실행하였다.

나는 그를 1945년 6월에 마지막으로 보았다. 그때 그는 여든일곱 살이었다. 나는 이전에 벌거벗은 황무지였던 곳으로 다시 되돌아갔다. 그러나 이제는 전쟁이 남긴 상처에도 불구하고, 듀란스 계곡에는 언덕 위로 버스가 다니고 있었다.

나는 전보다 빠른 속도로 여행하고 있었기 때문에, 이전에 걸어서 지나다녔던 곳을 알아보지 못하는 것이라고 생각했다. 또한 버스가 다른 길로 가고 있다는 인상을 받았다. 마을의 이름을 듣고서야 비로소 한때 황량하고 폐허였던 바로 그곳이라는 것을 확인할 수 있었다. 나는 베르농에서 버스를 내렸다.

1913년에는 약 열두 채 정도의 집이 있었던 이 촌락에는 사람이라고는 세 명의 주민만 살고 있었다. 주변의 버려진 집들에는 가시덤불이 무성하게 자라 있었다. 주민들에게는 더 이상의 희망이 없었다. 그들은 단지 죽기만을 기다리고 있는 것처럼 보였다.

그러나 이제 모든 것이 완전히 달라져 있었다. 공기마저도 변해 있었다. 건조하고 휘몰아치던 바람은 향기를 실은 부드러운 미풍으로 바뀌어 있었다. 산비탈로부터 바다의 웅얼거림 같은 소리가 들려왔는데, 그것은 나무들 사이를 지나가는 바람 소리였다. 그리고 더욱 놀라운 것은 제대로 흐르는 물소리를 들을 수 있었다는 점이다. 새로운 샘들이 생겨났고, 인색하게 쫄쫄 흐르는 것이 아니라 넉넉하게 콸콸 쏟아지고 있었다.

폐허였던 곳에는 이제 잘 가꾸어진 농장이 자리 잡고 있었고, 이는 만족스러운 생활의 증거였다. 오래된 샘들은 비와 나무들이 머금은 눈 녹은 물로 다시 채워졌고, 개울은 쓸모 있게 만들어진 수로로 흘러갔다. 농가 옆에는 단풍나무 숲속에 샘이 솟아 신선한 박하풀이 양탄자처럼 자라고 있는 곳으로 흘러들고 있었다. 마을은 점차로 다시 건설되었고, 생활이 훨씬 더 편리해졌다. 이전의 주민들과 새로 온 사람들을 합쳐서 일만 명 이상의 사람들이 엘지아 부피에 덕분에 행복을 누리고 있었다.

한 사람이 혼자서 오직 자신의 육체와 정성으로 황무지를 평화와 풍요의 땅으로 변화시킬 수 있었다는 사실을 생각할 때, 나는 인간의 성품이 얼마나 찬양할 만한 것인지 깨닫게 되었다. 이러한 성취에 이르기 위해 필요한 꾸준함과 너그러운 정신, 그리고 헌신을 생각하면, 나는 하느님이 이루실 만한 일을 성공적으로 해낸 이 글자도 모르는 시골 사람에 대한 깊은 존경심으로 가득 차게 되었다.

엘지아 부피에는 1947년 바농에 있는 요양원에서 평화롭게 세상을 떠났다.

이 글은 앞서 언급한 바와 같이 프랑스 프로방스의 황무지가 아름다운 숲으로 변모하여 많은 사람들에게 풍요로운 삶의 터전을 제공한 실화를 바탕으로 작성되었다. 이 글을 통해 나무가 모여 만든 숲이야말로 모든 환경의 으뜸임을 느낄 수 있었다. 숲이 파괴된 환경의 황량함과 복구된 숲 속의 안락함은 숲의 가치를 단적으로 대변해주었다. 글도 모르는 부피에가 숲을 만들어가는 과정은 현대 임학에서도 여전히 기술적 문제를 해결하는 데 도움을 주고 있는 것 같다.

그 당시 참나무 인공조림은 어려운 과제였다. 이는 참나무가 직근성이며, 이식되는 것을 매우 싫어하기 때문이다. 부피에는 이러한 참나무를 산에 직접 파종하였으며, 그것도 쇠막대기 하나로 간단히 해결하였다. 또한 그는 나무의 생태적 특성을 고려하여 아름다운 숲을 조성하였다. 건조한 환경에 강한 참나무가 숲을 형성한 후, 습기를 좋아하는 자작나무를 계곡에 심어 조화로운 생태숲을 지어 나갔다.

이러한 숲 안에서의 삶도 숲의 형태에 따라 새롭게 변화한다. 숲이 형성되기 전 초원에서는 양을 기르며 생계를 유지했지만, 숲이 이루어지고 그 면적이 넓어지면서 양보다는 벌을 치며 살아가게 된다. 이는 숲과의 완전한 조화를 의미한다.

부피에는 숲에 대한 전문적인 지식은 없었지만, 숲을 사랑하는 진실한 마음을 가진 매우 지혜로운 사람이었다. 숲을 만들고 언제 베어 수확하여 경제적 이익을 얻을 것인지에 대한 계산은 전혀 하지 않았지만, 누구의 땅인지도 모르면서 나무를 심어가는 그의 모습에는 숲의 가치를 평가하는 경제적 지식보다 깊은 인간애와 자연 사랑의 조화로운 철학이 담겨 있었던 것이다.

벚꽃 유감

　요즘 꽃구경하면 단연 벚꽃을 꼽는다. 봄에 피는 꽃 중에서 벚꽃만큼 화려하고 아름다운 꽃도 드물다. 그것도 여러 나무가 무리를 지어 피어 있는 벚꽃은 보기만 해도 숨이 막힐 정도로 아름답다. 이러한 벚꽃이 남쪽에서부터 북쪽으로 서서히 피어올라오는 요즘, 온 나라가 꽃구경으로 들썩이고 있다. 주말이면 벚꽃 구경을 하려는 자동차들로 교통 체증이 일어나는 것도 일상이 되었다.

　조선시대 선비들은 매화, 난초, 국화, 대나무를 '사군자'라 하여 이를 그림의 소재로 삼고 시를 지어 즐겼다. 집 안에 심는 꽃과 나무에도 엄격한 기준이 있었다. 꽃이 지나치게 선정적이거나 줄기가 꼬이며 자라는 덩굴 식물은 집 안에 심지 않았다. 이러한 식물들이 자라나는 어린이들의 심성에 좋지 않은 영향을 줄 수 있다고 믿었기 때문이다.

　우리나라에 언제부터 벚꽃이 이렇게 많아졌을까? 벚나무는 일본인들이 가장 좋아하는 꽃나무로, 일제강점기에 우리나라 곳곳에 심어졌다.

그중 한 곳이 일본 해군항으로 만들어진 진해항이었다. 광복 이후 한동안 우리나라에서 벚꽃을 기피하는 경향이 있었다. 이는 일제강점기의 아픈 기억을 떠올리기 싫었기 때문일 것이다. 그러나 진해 일본 해군기지 안에 이승만 대통령의 별장이 세워지고, 진해 군항제가 벚꽃 축제로 자리 잡으면서 가로수로 벚나무의 수가 늘어나기 시작했다. 박정희 정권 시절에는 보문관광단지를 조성하면서 벚나무를 가로수로 심어 보문단지가 벚꽃 명소가 되었다. 80년대와 90년대까지만 해도 벚꽃을 구경할 수 있는 곳은 많지 않았다. 그러던 것이 2018년에는 우리나라 가로수 중 가장 많은 것이 벚나무가 되었다. 남쪽에서부터 북쪽으로 꽃이 피는 예보에도 벚나무가 주를 이룬다. 국회의사당이 있는 여의도에도 벚꽃 천지가 되었다. 이제는 특별히 어느 곳을 찾지 않더라도 집 밖으로 조금만 나와도 온통 벚꽃 세상이다.

꽃이나 나무를 단순히 아름다움 자체로만 느끼고 볼 수는 없다. 어떤 나무나 꽃은 그 나라의 역사와 닮아 깊은 뜻을 담고 있는 경우가 있다. 벚나무와 무궁화가 그렇다. 세계적으로 벚나무 하면 으레 일본을 떠올리게 되며, 일본 정신을 상징한다고 여겨진다. 이러한 현상은 저절로 생긴 것이 아니라 메이지 유신 이후 세계 여러 도시에 일본식 정원을 조성해 주면서 그곳에 반드시 벚나무를 심었기 때문이다. 이들은 벚꽃이 일본 민족정신을 닮았다고 선전하며, 일본을 상징하는 꽃으로 자부심을 가졌다.

일제 삼십육 년 동안 한반도에서는 독립운동이 꺼지지 않는 불길처럼 이어졌다. 이러한 독립정신을 이어나가게 하는 데 힘을 보태준 나무가 무궁화였다. 강원도 초등학교 교사로 근무하던 남궁억 선생은 이러한 무궁화 정신을 삼천리강산에 널리 퍼뜨렸다. 조선 처녀들이 시집가기 전에 준비했던 베갯잇, 횟대보, 상보 등에 무궁화 수를 놓았고, 무궁화의 끈기를 독립정신으로 이어가게 했다. 일제는 이러한 무궁화를 없애기 위해 계획적으로 뽑아 불태우는 만행을 저질렀다.

나는 세 살에 해방을 맞이하고 1948년에 초등학교에 입학했다. 당시 독립한 지 4년이 지난 시점이지만, 초등학생이었던 나에게 학교 선생님은 '무궁화 꽃을 보면 안질에 걸린다'며 '꽃이 있으면 그 꽃을 보지 말고 다른 길로 돌아가라'고 가르쳤다. 이는 무궁화 꽃 속의 노란 화분이 눈곱과 비슷하다고 하여 일제 강점기 시절 일본이 퍼뜨린 거짓 정보를 해방된 조국의 학생들에게 우리나라 교사가 가르친 것이었다. 그 선생님 역시 일제 강점기 교육을 받았고, 그때 배운 내용을 우리에게 전달한 것이다.

일본인들은 무궁화가 사상을 담고 있으며, 나라를 지탱하는 큰 힘을 가지고 있다는 사실을 잘 알고 있었다. 그래서 무궁화 보급 운동을 주도하던 남궁억 선생을 감옥에 가둬 그 맥을 끊으려 했다.

해방 이후 무궁화는 나라를 지켜낸 소중한 나무로서 대한민국의 국화로 자리 잡았다. 현재 국가 훈장의 문양과 국회의원 배지에도 나라를 상징하는 꽃으로 사용되고 있다. 하지만 일부 사람들은 무궁화가 진딧물이 많고 관리가 어려워 국화를 바꿔야 한다고 주장한다. 그러나 약간의 관심만 기울이면 진딧물을 쉽게 제거할 수 있으며, 무자비하게 가지를 자르지 않고 자연상태로 자라게 하면 수형도 아름다워 조경수로도 손색이 없다. 해방 이후 무궁화에 대한 연구는 활발히 이루어지지 못하고 국립산림과학연구소에서만 그 명맥을 유지하고 있는 실정이다. 최근 산림청 주관으로 광화문 네거리에서 8·15 독립기념일을 전후하여 나라꽃 무궁화 전시회가 열리고 있지만, 국민들의 무궁화에 대한 인식이 크게 높아지지 않는 것은 아쉽기 그지없는 일이다.

나라꽃이란 단순히 아름답고 예쁘기만 해서 되는 것은 아니다. 스코틀랜드의 나라꽃은 엉겅퀴다. 이 꽃은 덴마크와의 전쟁 당시 매복한 병사들이 엉겅퀴 가시에 찔려 스코틀랜드 병사들에게 발각되면서 나라를 지키는 역할을 했다. 비록 잎에 날카로운 가시가 있고 꽃도 평범하지만, 그 나라에서는 매우 소중히 여겨지고 있다.

일본 사람들이 벚꽃놀이를 즐기는 것은 수백 년 이상 이어온 전통이다. 벚꽃이 피기 전부터 가족 단위로 돗자리와 음식을 준비해 벚나무 아래서 밤을 지새우고, 꽃잎이 떨어져 꽃비가 내린 뒤에는 새 잎이 돋아나는 벚나무 잎 놀이까지 즐긴다. 일본의 벚나무는 2월이면 가장 남쪽 가고시마에서 시작해 북쪽으로 꽃이 피어 올라온다. 과거 우리나라에 벚꽃이 없을 때는 후쿠오카까지 오면 벚꽃 구경은 끝났다. 그러나 최근에는 우리나라까지 벚꽃이 퍼지면서 일본 벚꽃 관광객이 늘어나고 있다. 이들은 제주도를 거쳐 서울을 지나 DMZ까지 벚꽃 축제를 즐기고 돌아간다. 이들이 우리나라 벚꽃을 보면서 무슨 생각을 할까? 혹시 '이 좋은 한반도가 옛날에 내선일체로 일본 땅이었는데'라며 일제강점기의 추억을 떠올리는 사람이 있을지도 모른다. 관광 사업으로 돈을 벌 수 있다고 좋아만 할 일이 아니다. 그보다 더 귀중한 것을 우리가 잃고 있는 것은 아닌지 깊이 고민해봐야 한다.

18세기 유럽 국가들은 세계 여러 나라를 식민지화하는 데 혈안이 되어 있었으며, 각국은 차별화된 식민 정책을 펼쳤다. 그러나 같은 동양권에서 유일하게 우리나라를 식민지로 만든 일본은 어떤 나라의 식민 정책보다 잔인하고 혹독했다. 우리나라 글과 말을 없애고, 나아가 소중히 지켜온 가계家系마저 일본식 성과 이름으로 바꾸어 우리 민족을 완전히 말살하려 했다. 이는 세계사에서 유래를 찾기 힘든 무자비한 식민 정책이었다. 일제가 36년간 지배하였기 망정이지, 인도처럼 만약 100년쯤 지배 받았다면 우리민족은 지구상에서 영원히 사라졌을 것이다. 우리는 무심코 일본과 점점 닮아가고 있는 것은 아닐까? 우리의 한민족 주체성을 잠시도 잃어버려서는 안 된다고 생각한다.

삼천리 금수강산이 벚꽃 강산이 되었다고 걱정하는 국민들도 많다. 왕벚나무는 제주도가 원산지이기 때문에 더 많이 심자는 운동을 벌이는 시민단체도 있다. 우리나라 가로수종 중 가장 많이 심어진 나무가 된 지금, 왕벚나무를 더 심자는 운동은 무엇을 생각하고 무엇을 하자는 것일까?

'과유불급'이라는 말이 있다. 이미 심어진 나무를 뽑아내자는 주장이 아니다. 다만 더 이상 왕벚나무를 심는 것을 자제하자는 제안이다. 왕벚나무의 원산지가 우리나라라 하더라도, 오랫동안 세계 여러 나라에 심어진 '일본인=야마토 정신=무사도 정신=벚나무'라는 인식은 쉽게 바뀌지지 않을 것이다. 외국인들이 한국의 왕벚나무를 보고 무엇을 떠올릴까? 그저 아름다운 꽃으로만 봐준다면 더 바랄 것이 없다. 그러나 그들의 머릿속에는 한반도가 일제 식민지였다는 사실이 떠오를지도 모른다. 오늘날 우리는 우리나라 가로수 중 가장 많은 나무가 된 왕벚나무의 역사성에 대해 깊이 반성해야 할 때라고 생각한다.

세계에는 많은 나라가 있지만, 가장 가까운 나라끼리 사이가 좋은 경우는 많지 않다. 영국과 프랑스, 프랑스와 독일, 인도와 파키스탄, 이스라엘과 팔레스타인처럼 일본과 한국도 마찬가지이다. 그러나 가까운 나라끼리는 친하게 지내야 평화가 온다. 많은 문제가 있지만, 서로 돕고 이해하며 살아가야 할 운명적인 관계이다.

벚나무가 무슨 죄가 있느냐고 항변하는 사람들도 많다. 그저 즐기면 된다고 말하기도 한다. 그러나 어느 한쪽이 다른 쪽과 똑같아지는 것은 바람직하지만은 않다. 서로의 자주성을 지키면서 평화롭게 지내는 것이야말로 가장 바람직하다. 꽃 하나에도 의미가 있고 나무 하나에도 뜻이 있다. 그것을 알고 자각하는 민족은 스스로를 지키고 살아남을 수 있으며, 그렇지 못한 나라는 멸망하게 된다고 선인들은 말해왔다.

다시 말하지만, 이미 심어진 벚나무 가로수를 뽑아 없애자는 주장이 아니다. 이제부터라도 벚나무를 더 이상 심지 말고, 다른 가로수와 균형을 맞추어 나가야 한국의 정체성을 지킬 수 있다고 생각한다.

『소호리 산192』를 읽고

장마전선이 오르락내리락하면서 비를 뿌리던 7월 초 소호리에 자리를 잡아 사는 김종관 박사에게서 책 한 권이 소포로 도착했다. 그 책은 권비영 작가가 쓴 『소호리 산192』라는 소설책이었다.

김 박사는 '우리나라 사유림경영'에 대한 기초를 세운 학자로 평가받고 있다. 그는 1974년 한독산림협력사업을 계기로 시작한 울주군 소호리 일대 사유림협업경영을 이끌어 왔으며 정년퇴임을 한 후에도 우리나라 사유림협업경영에 열정을 쏟고 있는 분이다. 평생 숲을 연구하고 숲을 사랑했으며 숲과 함께 살아온 김 박사는 자기가 이룩해놓은 '100대 명품숲'이 있는 소호리에 보금자리를 만들어 살아가고 있다. 우리는 그분을 행복한 사람이라고 부른다. 소설의 주인공 나무할배가 바로 김 박사의 화신이다.

이 책은 3부작으로 되어 있다.

1부에서는 서울에서 살다가 6살 먹은 딸 은미를 데리고 소호리로 이주해온 전직 초등학교 교사 임지숙, 이들이 소호리에 정착하도록 도와준 고정석 '그루매니저'[1]와 한독산림협력사업이 시작되던 초창기부터 이 마을의 터줏대감으로 모든 사업에 관여해온 나무할배 김동조 씨가 이야기의 주인공들이다. 여기에 올해 〈소호리 산림사업 50주년 기념 행사추진위원회〉 일을 맡은 마을 이장 박우태, 서울에서 대학교 교수를 하다가 환경운동을 한다고 이곳에서 '정크아트'를 하고 있는 홍두깨라는 별명을 가진 홍두석, 필명이 노동자인 노동운동가 시인 노정석, 그리고 산림치유지도사 차미리도 함께 등장하고 있다,

1974년 '한독기술협력기구' 임업기술현대화사업 추진을 위한 모임에서 울주군수는 "산이 푸르면 돈이 된다. 조림하여 임금을 받고 아름드리 나무가 되면 소득원이 된다. 임도를 개설하고 밭에 묘목을 키우며, 민둥산 산사태 피해를 예방하게 되면 우리가 사는 마을이 훨씬 좋아지게 된다."고 산주들을 설득하였다. 이어 김동조 씨는 산주들을 모아 산림경영협의체를 만들어 한독산림협력사업에 동참하게 되었다. 그는 사업 목록 작성뿐만 아니라, 한독기구 직원이 해야 하는 기계장비 대여, 기술지원, 작업량 분배, 임금을 지불하는 일까지 맡아 했다. 그때 김동조 씨가 써둔 메모와 일기가 『소호리산 192』소설의 바탕이 되었다.

1) 지역 현장에서 지역내 산림과 인적자원을 조사하여 지역특화 비즈니스모델의 그루경영체를 발굴하고 조직화부터 창업과 경영개선 지원까지 사업의 전 과정을 현장에서 그루경영구성원들의 목소리에 귀 기울이며 함께 풀어가는 기업활동가

2부에서는 폐교가 된 소호리 초등학교를 고정석이 마을 주민들과 함께 교육기관으로 활용하는 사업에 임지숙도 같이하게 되었다. 초등학교의 교실마다 재미있는 이름을 붙여놓았다. 〈할량교〉에서는 지역 노인들을 위한 휴대폰 제대로 쓰기, 노인 컴퓨터교실, 목공교실을 운영하고 〈살량교〉에서는 이들이 만든 물건을 내놓아 팔고, 〈볼량교〉에서는 매주 영화상영, 지역예술인 초청 노래교실 등을 열었다. 〈물량교〉는 카페 겸 가벼운 음식을 파는 교실로 입소문을 타고 인근 도시에서도 손님들이 오고 있다. 옷, 책, 가전제품, 모자, 신발 등 재활용 물건을 판매하여 나온 수익은 어르신들 수고비로 쓰고 남은 것은 마을 기금으로 사용하고 있다.

소호리라는 이름은 넓은 지대에 있는 산마을이라는 뜻이다. 필명이 노동자인 노동운동가 시인 노정석은 고정석과 인연이 되어 소호리 마을에 정착하여 고정석의 학교일이나 산일을 도우면서 시를 쓰고 지낸다. 폐교에서 시작된 학교는 대안학교의 성격을 갖추어 임지숙의 친구 아들 초등학교 3학년 문제아가 서울 학교에서 전학을 와서 자기가 하고 싶은 공부와 운동을 하면서 새로운 삶을 되찾아간다,

소멸해 가는 지방 시대에 한국 100대 명품 숲을 중심으로 한 지역 살리기 운동에 대해 기술하고 있다. 특히, 폐교를 활용하여 도시의 교육 환경에 적응하기 어려운 학생들을 위한 대안학교로 전환하는 방안을 다루고 있다.

제3부에서는 도시 거주자들이 숲 체험을 위해 소호리 명품 숲을 방문한다. 차미리는 '산림 치유 지도사'로서 이곳을 찾은 사람들에게 한독

산림 사업으로 조성된 소호리 명품 숲의 성장 과정을 소개한다. 또한 피톤치드가 풍부한 나무와 연간 8kg 이상의 이산화탄소를 흡수하는 숲, 다람쥐와 청설모, '소호령 임도 준공비'와 숲이 지닌 다양한 효능에 대해 친절히 설명해 주고 있다.

더 나아가 일상적인 생활 습관을 돌아보고, 탄소 중립을 실천하기 위해 이산화탄소 배출량만큼 숲을 조성해 산소를 공급하거나, 화학 연료를 대체할 수 있는 무공해 에너지인 태양열, 태양광, 풍력 등 재생 에너지 분야에 투자해야 한다고 관광객들을 설득하고 있다. 지구 온난화의 주범인 이산화탄소 배출량을 조절하기 위해 2050 탄소 중립 운동을 적극 추진해야 한다는 것도 강조하고 있다.

이 책에 등장하는 인물들은 유치원생부터 팔십 세 노인까지 다양하며, 이들은 각자의 눈높이에서 숲을 바라보고 이야기한다. 따라서 독자들은 누구나 쉽게 숲을 이해하고 더욱 친근감을 느낄 수 있다.

마지막 부분에서는 '나무들이 하는 말'이라는 제목으로 주인공들이 나무의 말을 읽는 공부를 한다. 도심의 생활에 지쳐 소호리 100대 명품 숲으로 이사 온 임지숙은 이렇게 말한다. "나무들은 혼자 자라는 것이 아니야. 키 작은 풀도 돌보며 벌레들과도 함께 살아가지. 또 키 작은 풀은 나무 밑동을 감싸주고, 작은 벌레들은 흙을 부드럽게 해서 나무들이 숨 쉴 수 있게 길을 만들어 줘. 모두가 함께 어우러져 살아가는 거야." 이를 통해 임지숙은 숲의 진정한 의미를 전달하고 있다.

3부에서는 나무를 심어 숲을 조성하고, 그 숲이 산에 어우러지면 살기 좋은 환경이 만들어진다고 설명하고 있다. 이러한 숲이 지닌 진정한 의미를 알리고 싶어 하는 산을 사랑하는 사람들을 대신해, 작가는 자상하게 그 내용을 전달하고 있다.

권비영 작가는 2005년 『겨울의 우화』를 출간한 후, 2009년에는 『덕혜옹주』로 많은 독자의 사랑을 받았다. 이 소설은 영화로도 제작되었다. 이후 계속해서 역사소설을 집필해온 중견 작가인 그가 처음으로 숲에 관한 이야기를 아름다운 소설로 펴냈다. 이번에 낸 『소호리 산 192』는 명품 숲을 통해 사라져 가는 지역사회를 어떻게 유지하고 발전시킬 수 있을지에 대한 다양한 방법을 제시하는 매우 의미있는 내용을 담고 있다.

우리 인간은 숲에서 태어나 숲속에서 자랐다. 농업 혁명과 산업 혁명을 거쳐 정보 혁명의 시대에 이르러, 대부분의 사람들은 답답한 회색 시멘트 도시에서 생활하고 있다. 숨 막히는 경쟁 사회 속에서 아파트에 사는 이들은 자연환경의 결핍으로 인해 인간성이 훼손되고 있다. 도심 속에 살면서도, 이들은 제2의 고향과 같은 숲에 대한 아련한 향수를 품고 있다. 권 작가의 『소호리 산192』는 우리 마음속에 잠재된 숲에 대한 향수를 불러일으켰다고 할 수 있다. 앞으로 이러한 산림 문학 작품들이 많이 나와, 소멸해 가는 농촌과 숲 문화를 유지하고 발전시키는 데 기여하길 간절히 바란다.

　이 소설은 1974년 한독 산림 협력 사업으로 사유림 협업 경영체가 조
직되어 숲 조성을 시작한 지 50년 만에 한국 100대 명품 숲으로 다시
탄생한 소호리 숲을 세상에 널리 알리는 데 매우 소중한 자산이라고 생
각한다.

기념식수의 기원

대구 달성 공원에 가면 1909년 1월 순종 황제와 이토 히로부미가 기념식수를 했다는 향나무가 있다. 이 나무는 가이즈카 향나무로, 일본인들이 기념식수로 많이 심었던 나무이다. 최근 전국에 있는 가이즈카 향나무를 모두 제거해야 한다는 큰 논란이 있었다. 우리나라가 일본에 36년간 나라를 빼앗긴 역사적 배경 때문에 생긴 문제이지만, 가이즈카 향나무 자체가 무슨 죄가 있겠는가.

기념을 위해 나무를 심는 것은 매우 긍정적인 발상이다. 심은 나무가 건강하게 오래 자라 역사의 흐름을 이야기해주는 것은 의미 있고 가치 있는 일이다. 그러나 기념식수를 할 때 어떤 나무를 선택할지는 신중하게 결정해야 할 일이다. 심는 나무의 생태와 생리가 그곳 환경에 잘 적응하여 자랄 수 있는지, 그리고 심는 장소의 역사성을 고려해 수종을 선택해야 한다. 하지만 값비싼 나무나 희귀한 나무라고 해서 심는 경우도 많다.

어릴 적부터 태산에 대한 이야기를 많이 들었고, 초등학교 교과서에도 '태산이 높다 하되'라는 시구가 있어 태산이 우리나라에 있는 산인줄 알았다. 나이가 들어서야 그 산이 중국에 있는 산이라는 것을 알게되었다. 태산은 중국 역사에서 옛부터 예사롭지 않게 다루어진 산이었다.

중국에는 오악五嶽이 있다. 그 중앙에 숭산崇山이 있고, 동서남북으로 태산泰山, 화산華山, 형산衡山, 항산恒山을 지정하여 오악이라고 하는데, 동쪽에 있는 산이 바로 태산이다. 동쪽은 태양이 떠오르는 곳으로 태산은 가장 숭상을 받는 곳에 있는 산이다.

이 태산에 올라 하늘에 제사를 처음으로 지낸 황제는 중국을 처음으로 통일한 진시황제였다. 그 후 기원전 110년, 한나라 무제武帝가 태산에와서 제사를 지내고 이 태산 아래 대묘岱廟를 지어 그 앞에 기념식수를 했다고 하니, 한무제의 기념식수가 기록에 나타난 가장 오래된 기원일 것이다. 자그마치 지금으로부터 2127년 전의 일이다. 그때 심은 측백나무 6그루 중 4그루가 아직도 생명의 끈을 놓지 않고 살아 있으니, 기념식수로 잘 골라 심었다고 할 수 있다.

웅장한 대묘 앞 넓은 마당에 있는 측백나무 앞에 '한수漢樹'라는 비석이 서 있는데, 글자 하나가 사람 키만 하다. 바로 옆 담벼락 앞에는 높이가 3~4미터가 넘는 오석에 추상화 같은 측백나무 모양이 새겨져 있다.

청나라 건륭황제乾隆皇帝(1711~1799)가 이곳을 방문하고 그 당시 측백나무 모습을 이 비에 새기고 '한수漢樹'라 쓴 큰 비석도 함께 세웠다. 또한 그 전에도 있었던 대묘岱廟를 다시 지어 지금의 모습이 되었고, 이 건물은 중국의 3대 묘사 중 하나로 꼽히고 있다.

건륭은 누구인가? 그는 바로 우리와 항상 적대적으로 살면서 별로라고 생각했던 여진족이다. 이들은 송나라 시대에는 금나라를 세워 중국을 반쯤 정복하더니, 그 뒤 500년이 흐른 후에 명나라를 완전히 점령(1644)하여 전 중국을 통치했다. 그들은 중국의 용광로에 들어가 완전히 자기 문화를 잃어버리고 중국화가 되어버린 슬픈 민족이 되고 말았다. 그런데 그 청나라 지배자들이 중국의 역사를 다시 만들어 주었다고 하니 아이러니한 일이다.

중요한 것은 대묘에 측백나무를 기념수로 심은 한무제의 탁월한 선택이다. 장안에서 태산까지 1000km가 넘는 그 먼 길을 수천 명이 아닌 수많은 사람을 데리고 와 태산에 제사를 지낸 것이다. 그 역시 중국을 통일한 강력한 지도자였으며, 진시황이 했던 것처럼 태산에 제사를 모시기 위해 오랫동안 준비를 하여 실천했다고 전해진다.

그 중심에는 사마천司馬遷의 아버지 사마담司馬談이 있었다. 태사령인 사마담은 무제의 명을 받아 태산에 제를 올리기 위한 모든 준비를 계획하고 만들어 갔다. 그렇게 준비하고 태산에 제사를 모시기 위해 출발할 당시 몸에 병이 나서 무제와 같이 가지 못함을 매우 서운해 하면서 자식 사마천에게 중국의 역사서를 만들 것을 유언으로 남기고 죽었다. 무제와 사이가 좋았던 사마천은 흉노에 항복하여 무제의 분노를 산 이릉李陵 장군을 옹호하는 상소를 올려 무제의 미움을 받아 사형 선고를 받았다. 사기를 쓰기 전에는 죽을 수 없었던 그는 스스로 치욕스러운 궁형宮刑을 받고 살아남아 역사에 길이 빛나는 사기를 완성하였다.

무제는 태산에 도착하여 대묘에서 제를 지내고, 그 대묘 앞에 6그루의 측백나무를 기념으로 심었다. 그 중 한 나무는 송나라 때 소실되었고, 또 한 나무는 1929년 군벌혼전이 벌어졌을 때 소실되었다. 지금은 4그루가 살아남아 길고 긴 세월의 수난을 겪고 받은 상처를 고스란히 안고 서서 우리에게 숙연한 마음을 갖게 한다.

이 한백漢柏은 태산 팔경 가운데 하나로 꼽히고 있으며, 원元의 왕혁王奕은 당시 한백의 처량한 모습을 다음과 같이 묘사했다.

오랜 세월이 지나 장부가 튀어나오고 심장이 메말랐으나
어린 가지가 이미 헤치고 나와 용처럼 소리를 지르네
매서운 바람에 고고한 소리
산봉우리에서 나는 만가처럼 들리네

송대의 곽무천郭茂倩의 『악부시집』 해제에서 양보梁甫는 '산이름으로

164

태산 밑에 있다. '양보음'은 사람이 죽어서 이 산 밑에 묻힐 때 부르는 만
가挽歌, 즉 장송곡葬送曲이었을 것이다'라고 했다. 제갈량도 이 노래를 좋
아하여 젊은 시절에 많이 불렀다고 전한다.

대묘岱廟에서 오랜 역사의 향기를 느낄 수 있는 대표적인 것은 한백이
다. 오랜 세월을 버티며 내장과 속살이 다 메말라 가면서도 지금까지 견
디어 살아남아 봄이면 새 가지를 뻗어 바람이 불면 심장을 때리는 만가
같은 측백나무의 바람 소리가 흥망성쇠의 길고 긴 중국의 역사를 전해
주고 있는 것 같아 보는 이의 마음을 숙연하게 한다.

민병갈과 완도호랑가시나무

올해는 코로나19 바이러스 때문에 온 세상이 난리가 났다. 연말이 되면 좀 줄어들어 잠잠해질까 기대했는데, 2020년 11월 전 세계 확진자는 수백만 명이 넘었으며 사망자 수도 수십만 명에 이르러 지구촌 전체를 공포로 뒤덮고 있다.

인간들의 끝없는 욕심 때문에 지구 환경이 파괴되어 결국 지구는 자정능력을 잃어버려 이러한 바이러스가 창궐하는 사태가 왔다고 하는 과학자도 있다. 그러나 코로나 바이러스가 처음 시작되었던 중국도 그렇고, 또한 우리나라 역시 조금씩 진정되어 가고 있는 것 같아 그나마 다행이다. 멀지 않아 백신이 개발되어 접종할 수 있게 된다고 하니 우리 일상이 하루 빨리 정상화되길 바라는 마음 간절하다.

금년 초부터 시작된 코로나 사태로 세월 가는 줄도 몰랐는데 벌써 연말이 되었다. 이제 11월 초인데도 내년 달력이 배달되어 왔다. 우편물 표지에 천리포수목원이라 적혀 있다. 반가운 마음으로 열어보니 1월부터 12월까지 호랑가시나무 세밀화로 꾸며진 탁상용 달력이 나왔다.

천리포수목원에서 집중적으로 수집하여 보존하고 있는 5가지 속(호랑가시나무, 목련, 동백나무, 무궁화, 단풍나무)은 그 규모나 내용 면에서 세계적으로도 유명한데, 2021년 달력은 그 중에 호랑가시나무를 주제로 만들었다.

호랑가시나무는 Holly tree라고 하며 서양에서는 정원수로 많은 신품종이 개발되어 있다. 탁상용 달력에는 1월부터 호랑가시나무, 먼나무, 호랑가시나무 '디오르', 미국낙상홍 '윈터레드', 호랑가시나무 '로툰타', 유럽호랑가시나무 '루브리코스 아리안투스', 알타이호랑가시나무 '퍼플 샤프트', 코니아나 호랑가시나무 '체스넛 리프', 호랑가시나무 '셈소더', 미국호랑가시나무 '카나리', 호랑가시나무 '넬리 스티븐스' 그리고 마지막 달 12월에는 완도호랑가시나무 세밀화가 그려져 있다.

호랑가시나무는 감탕나무과의 감탕나무속 식물이다. 감탕나무속 식물은 교목 또는 관목, 잎은 상록 또는 낙엽성으로 구분되며, 전 세계적으로 온대, 아열대 및 열대지방을 중심으로 낙엽성 30종과 상록성 780종 등 현재 810종이 분포하고 있다. 또한 이 속屬은 암수 딴 그루로 최근까지 열매 색깔이 흰색, 노란색, 주황색, 빨간색, 검은색 등 다양한 신품종들이 있다.

우리나라에는 호랑가시나무, 감탕나무, 꽝꽝나무, 좀꽝꽝나무, 먼나무, 대팻집나무, 민대팻집나무 및 완도호랑가시나무 등 총 5종 2변종 1교잡종 등 8분류군이 자라고 있다.

12월 달력에 그려진 완도호랑가시나무는 호랑가시나무와는 달리 잎에 가시가 많지 않으며 잎 아래 부분이 부드러운 하프 악기 모양을 닮아 다정다감한 느낌을 준다. 완도호랑가시나무는 우리나라 서남부 지역에 자생하는 호랑가시나무와 감탕나무의 자연교잡종이다. 천리포수목원의 민병갈 초대 원장이 1978년에 완도지역의 식물탐사 중 최초로 확인하였고, 그 후 미국호랑가시학회에 보고하였다. 이 나무 학명은 llex x wandoensis C. F. Miller & M, Kim 으로 민병갈(C.F.Miller) 원장이 명명자가 되었다. 이러한 연구 결과에 힘입어 1998년에 범세계적 학술단체인 미국 호랑가시학회 총회를 천리포수목원에서 개최하였으며, 2000년에 미국호랑가시학회는 천리포수목원을 아시아 최초로 '공인 호랑가시 수목원'으로 지정하였다.

천리포수목원을 만든 민병갈 원장은 1921년 미국 펜실베이니아 웨스트피츠턴에서 태어난 칼 페리스 밀러(Carl Ferris Miller)로, 1945년 미군 장교로 처음 한국에 왔다가 1953년 한국은행에 취직하였다. 그 후 1979년 민병갈이라는 이름으로 우리나라에 귀화하게 되었다. 남이섬을 아름다운 숲 섬으로 만든 한국은행 민병도 행장과 의형제를 맺고 한국 이름을 민병갈로 했다고 한다.

밀러가든 안에는 "남이섬 수재원 민병도 선생, 천리포 임산 민병갈 선생, 천년수 가꾸시는 형제로 나무 심어 녹심 나누시다."라는 돌비가 세워져 있다.

1970년 한국 최초의 사립 수목원으로 등록된 천리포수목원은 2000년 국제 수목 학회로부터 세계 열두 번째, 아시아에서 최초로 '세계의 아름다운 수목원'으로 인증을 받았다. 이 수목원은 2017년 말 기준 약 1만 5900여 종의 식물을 보유하고 있다.

특히 목련은 860분류군, 동백나무 934분류군, 호랑가시나무 530분류군, 무궁화 304분류군, 단풍나무 251분류군 등 세계적으로 관상가치가 매우 높은 주요 5속을 집중적으로 수집 관리하고 있다.

수목원의 전체 면적은 18만 7000여 평으로 밀러가든, 무궁화원, 침엽수원, 목련원, 종합원, 낭새섬, 큰골 등 7개 지역으로 이루어져 있다. 밀러가든은 2009년부터 일반인들에게 개방하기 시작하였으며 면적은 2만여 평에 달한다.

이 수목원은 남이수재원, 암석원, 동백나무원, 수국원, 습지원, 왜성침엽수원, 모란원, 겨울정원, 호랑가시나무원, 우드랜드, 억새원, 작약원,

마취목원, 노루오줌원 등 25개 주제정원으로 이루어져 있다. 이 정원 안에는 솔바람길, 오릿길, 민병갈의 길, 꽃샘길, 수풀길, 소릿길로 나누어져 있으며 전체를 한 번 둘러보는 데만 거의 2시간 정도가 걸린다.

어느 길로 가든지 간에 마지막은 민병갈 기념관이 있는 곳으로 나오게 된다. 기념관은 밀러정원 중 가장 넓은 면적을 차지하고 있는 큰 연못 뒤에 있는 2층 건물이다. 원래 민 원장이 집무실로 사용하던 2층은 밀러 가든 갤러리로 만들어져 있다. 이곳에는 초창기 수목원 조성부터 그 과정을 찍은 사진들이 전시되어 있다.

전시실을 둘러보면 천리포수목원이 어떤 어려움을 이기고 이곳까지 왔는가를 쉽게 알아볼 수가 있다. 그동안 다른 나라 수목원과의 교류 현황과 희귀식물종자의 교환, 식물 연구원의 교류 등 귀중한 역사적 자료가 가지런히 정리되어 전시되고 있다.

미국의 가족들과 같이한 사진, 한국에 와서 4년이나 살았던 어머니와 함께한 사진도 볼 수 있다.

민 원장은 우리나라에 귀화하였으나 결혼도 하지 않고 혼자 살았으며, 식물원에 온 정성을 다 바쳤다. 그는 식물원에 나와 일하는 시골 젊은이들에게 많은 관심을 가졌다. 그중 가정 형편상 상급 학교에 진학을 하지 못하고 식물원에 나와 일을 하면서도 항상 책을 손에서 떼지 않고 열심히 공부하던 한 청년에게 관심을 가졌다.

그 청년이 검정고시에 합격하여 국내 대학으로 입학하려고 상담할 때 민 원장은 그를 외국 대학으로 유학을 가도록 권유했다. 그는 그곳에서 열심히 공부하여 유명한 세계적인 식물학자가 되었으니, 그 사람이 바로 현재 미국 예일대학교 수목원 부원장이 된 김군소 박사이다.

사람을 키우는 일만큼 큰 일이 없을 것이다. 민 원장은 돌아가시고 안 계시지만, 그가 가지고 있던 뜻은 이러한 후학들에게 이어져 전 세계에 펼쳐지고 있으니 그는 이미 죽었지만 지금도 살아있는 것이나 마찬가지라 생각된다.

갤러리 벽에는 그가 평소에 좋아했던 붉은 열매가 아름답고 잎 모양이 예쁜 호랑가시나무 그림이 걸려 있다. 이 갤러리에 들어서면 민 원장이 지금도 바로 책상에 앉아서 말을 걸어올 것만 같은 착각에 빠진다. 창밖으로 내려다보이는 고요한 '큰연못정원'은 보는 이의 마음속에 평화의 메시지를 전해주는 것 같다.

어느 누구의 삶이나 자세하게 들여다보면 감명을 받지 않을 사람이 없겠지만, 민병갈 원장의 열정과 순수 그리고 성실함은 우리가 물려받고 싶은 고귀한 삶의 전형이라 생각된다. 1921년에 미국에서 태어난 밀러 박사는 2002년에 돌아가셔서 천리포수목원에 그가 평소에 좋아했던 '민병갈 목련'인 '리틀잼 태산목' 아래 잠들어 있다.

그는 당시에 아주 외진 태안반도 끝자락 바닷가의 척박한 땅에 혼신의 힘을 다해 세계적인 수목원을 조성하였으며, 미국에 가족과 친지가 있음에도 공익재단법인 천리포수목원에 모든 것을 남기고 떠나셨다. 그분의 이러한 숭고한 뜻이 앞으로 길이길이 이어지길 바라는 마음 간절하다.

끝으로 천리포수목원으로 초청하여 수목원 역사를 소개해주고 참고자료를 마련해 준 제7대 김용식 원장님에게 고마운 마음을 전하며 천리포수목원의 영원한 발전을 기원한다.

4

자작나무 시가 되다

다시 보는 추사 세한도歲寒圖

예부터 우리 선조들은 사철 변하지 않는 소나무의 기상을 예찬해 왔다. 우리나라에 살아있는 소나무 중 이름이 나있는 것은 속리산 정이품 소나무나 세금을 낸다는 예천의 석송령을 꼽을 수 있다. 소나무를 그린 실경산수화로는 겸재 정선이 그린 사직송도社稷松圖나 노송영지도老松靈芝圖 등이 유명하지만 문인화로는 추사의 세한도를 으뜸으로 친다.

추사의 고조부는 영조 때 영의정을 지낸 김흥경이며 증조부 김한신은 영조의 화순옹주와 결혼하여 월성위가 되었다. 충남 예산 오석산 근처에 사패지賜牌地를 받아 자리를 잡았다. 그 아버지 김노경은 승지, 판서 등 고위직을 두루 지낸 금수저 집안이다. 그의 글씨는 추사체로 명성이 높았으며 금석학의 대가로 추앙을 받았고 벼슬이 대사성, 병조참판까지 올랐다. 그러나 그는 윤상도라는 하급관리가 임금에게 올리는 상소문을 읽어 주었다는 죄목으로 바다 건너 그 먼 제주도에서 8년간의 위리안치圍籬安置 유배형을 받게 되었다.

유배 온 지 4년째인 1844년 추사의 제자격인 역관 이상적이 중국에서 가져온 값비싼 책을 제주도로 보내와 추사는 기쁜 마음에 그해 여름, 이상적에게 세한도를 그려 주었다.

오른쪽에는 세한도라 적혀있고 그 옆에 우선시상藕船是賞이라 적었다. 우선은 이상적의 호다. 그 아래에 장무상망長毋相忘(오랫동안 서로 잊지 말자)이란 인장이 찍혀있다. 왼쪽에는 이 그림의 감회를 적은 294자에 달한 발문이 적혀있다. 이 글은 이상적이 잊지 않고 책을 보내준 것에 감사하고 논어 지송백知松柏으로 그를 칭송하였다. 끝으로 사마천의 사기를 인용하여 한나라 때 적공翟公이 높은 벼슬에 있을 때 문전성시를 이루던 사람들이 벼슬이 떨어지자 바람처럼 사라졌다가 다시 벼슬을 받자 밀물처럼 몰려오는 것을 보고 자기 집 대문에 써 부쳤다는 방 "한 번 죽고 한 번 삶에 곧 사귐의 정을 알고[一死一生卽知交情], 한 번 가난하고 한 번 부유함에 곧 사귐의 태도를 알며[一貧一富卽知交態], 한 번 귀하고 한 번 천함에 곧 사귐의 정이 나타나네[一貴一賤卽見交情]"을 떠올리며 자기의 쓸쓸한 처지에 비유하고 글을 마쳤다.

이상적은 이 그림을 중국에 가져가 16명의 문인들로부터 추사의 딱한 처지를 동정하며 이 그림을 칭찬하는 상찬기를 받았다. 이 그림은 평양감사 민영휘에게서 그의 아들에게 전해졌으나 결국 일제 강점기에 추사연구가 후지스카(당시 경성제대 교수)에게 팔려갔다.

소전 손재형은 후지스카에게 그림을 되찾으려 했으나 거절당했다. 1944년, 후지스카는 그 동안 자기가 모아둔 추사 관련 작품들을 모두 가지고 일본으로 돌아갔다. 손재형은 동경까지 따라가 세한도 반환을 끈질기게 요구했다.

와병 중이던 후지스카에게 2개월 동안 매일 문안 인사를 드리며 간청하자, 후지스카는 손재형의 진심에 감동하여 그림을 그냥 넘겨주었다고 한다.

그 뒤 세한도는 위창 오세창, 위당 정인보, 성재 이시형 등이 배관기를 기록하여 세한도의 길이가 수십 미터에 달하게 되었다. 이 그림은 돌고 돌아 마지막으로 수집가인 손창근이 소유하게 되었다. 국보 180호로 지정된 세한도는 국립박물관에서 대여받은 형식으로 전시되어 왔다.

그러던 중 2020년 10월, 이 그림의 소장자 손창근이 국립박물관에 기증하게 되었으며, 이를 기념하기 위해 2020년 12월 24일부터 2021년 1월 31일까지 세한-평안 특별전을 개최하게 되었다.

코로나 사태로 어려운 시기임에도 불구하고 많은 사람들이 전시회를 다녀갔다고 한다. 이를 기회로 신문이나 방송에 세한도에 그려진 그림에 대해 여러 가지 논란이 벌어지고 있다. 그림에는 네 나무와 둥근 창문이 그려진 엉성한 집 한 채가 전부이다. 집에 대한 이야기는 없으나 나무에 대해서는 의견들이 많다.

　어떤 이는 그림에 나오는 네 나무 중 한 나무는 소나무이고 다른 세 나무는 해송이라고 하는 이도 있고, 네 나무 모두 소나무라고 주장하는 학자도 있다. 그러나 이 그림은 실경산수화가 아니라 사의寫意를 중시하고 형사形寫를 추구하지 않는 문인화라는 사실을 간과해서는 안 된다.

　일찍이 추사와 관련한 책을 여러 권 쓴 유홍준 전 문화재청장은 "실경산수화로 치면 '세한도'는 0점"이라고 했다. 다시 말하면 문인화인 세한도에 나오는 그림을 실경산수화의 잣대를 들이대어 해석하려고 하면 안 된다는 것이다. 이 그림의 화제를 보고 발문을 읽어 이 그림에서 나타내고자 하는 추사의 본심이 무엇인지를 찾아 느끼는 것이 중요한 일이다.

　화제인 세한도歲寒圖는 논어 9장 자한편 27절에서 가져온 것이다. 발문 가운데 "공자께서 말씀하시기를, 설추위[歲寒] 뒤에야 소나무와 잣나무가 늦게 시듦을 안다"라고 하셨다. 소나무와 잣나무는 사계절을 지내도 시들지 않는 것으로서, 춥기 전에도 한결같이 소나무와 잣나무이고 추워진 뒤에도 한결같이 소나무와 잣나무이다. 그래서 성인께서는 특별히 날씨가 추워진 뒤를 일컬으셨다[孔子曰 "歲寒然後 知松柏之後凋也," 松柏是貫四時而不凋者, 歲寒以前一松柏也, 歲寒以後一松柏也, 聖人特稱之於歲寒之後].

이와 같이 이상적의 삶을 송백에 비유하여 맑고 깨끗함을 높이 산 것이다.

그래서 그림에 나타낸 것은 소나무와 잣나무로 각각 한 그루씩만 그릴 수도 있겠으나 두 나무를 짝지어 그린 것은 균형을 맞추기 위해서이거나 김삿갓이 읊은 금강산 시 '松松栢栢岩岩廻 水水山山處處奇'처럼 짝을 맞춰 전체를 나타낸 것일지도 그도 아니면 제주도 유배 생활 동안에 추사를 편안히 보듬어 안아준 우선, 소치를 잣나무로, 초의는 소나무, 추사 자신은 늙은 소나무로 나타낸 것일지도 모를 일이다.

그림 속에 덩그러니 그려진 이상하게 보이는 집은 추사의 텅 빈 가슴을 상징하며, 나머지 빈 여백은 눈[雪]을 나타낸 것이다. 이 세한도는 내용과 정신을 중요시하는 서화일치書畵一致를 표방하는 문인화의 가장 대표적인 작품으로 평가받고 있다.

다시 되풀이하지만 문인화란 그림을 그린 사람의 마음을 표현한 것이며 그 뜻은 화제 속에 그리고 발문 가운데에 잘 나타나 있다고 할 수 있다.

고전이나 성서를 읽을 때와 마찬가지로 그때의 그림은 그때의 생각으로 읽어주어야 당연할 것이다.

한겨울 하얀 눈이 소복이 덮인 소나무는 따뜻하고 정겨운 감을 주지만, 세한도의 소나무와 잣나무, 그리고 둥근 창이 난 집 그림은 차갑고 외롭고 쓸쓸하고 거기에 더욱 울분을 느끼는 추사의 마음을 나타내고 있다. 무더운 한여름에 세한도를 그린 추사의 고독한 마음이 이 그림 속에 절절히 담겨져 있다.

이 고귀한 세한도의 소유권을 국립박물관에 넘긴 손창근 기증자에게 깊은 감사를 드리며 앞으로 세한도가 잘 보존되어 우리나라 전통문화 발전에 크게 기여하기 바라는 마음 간절하다.

우리는 시를 어떻게 읽을 것인가?

중국의 사서삼경은 조선 시대 선비들이 반드시 공부해야 할 필수 과목이었습니다. 그중에서도 가장 중요하게 여긴 것은 『시경』입니다. 공자는 백성을 잘 다스리기 위해서는 통치자가 백성들이 무엇을 원하는지를 알아야 한다고 강조했으며, 이를 백성들이 부르는 노래에서 찾을 수 있다고 했습니다. 공자(B.C 551~479)는 백성들이 부르던 수많은 노래 중에서 311수를 뽑아 『시경』을 편찬했습니다.

시는 모든 학문의 규범이 되었고, 조선 시대 선비들에게 시를 짓는 능력은 그 사람의 학문적 성취를 평가하는 중요한 기준이었으며, 과거 시험에서도 중요한 과목으로 자리 잡았습니다. 역사의 흐름 속에서 시는 다양한 형태로 변모했지만, 그 근본적인 목적은 인간의 삶을 더욱 행복하게 만드는 문학 장르였습니다.

한국예술인복지재단에 따르면, 2024년 2월 기준으로 국내에는 총

13,022명의 시인이 등록되어 있다고 합니다. 수많은 시가 쏟아져 나오고 있지만, 사람들의 마음속에 오래도록 남는 시는 그리 많지 않습니다. 그렇다면 우리는 어떻게 시를 잘 이해할 수 있을까요? 그 시가 어떤 상황에서 어떻게 탄생했는지를 알게 된다면, 시를 이해하는 데 큰 도움이 될 것입니다.

우리가 잘 알고 있는 소월의 '초혼', 백석의 '나와 나타샤와 흰 당나귀', 그리고 박목월의 '이별의 노래'에는 각각의 숨은 이야기가 있습니다. 오늘은 이 중에서도 박목월의 '이별의 노래'에 얽힌 이야기를 나누고자 합니다.

나는 목월의 '청노루'를 좋아합니다.

머언 산 청운사/낡은 기와집/산은 자하산/봄눈 녹으면/느릅나무 속잎 피는/열두 구비를/청노루 맑은 눈에 도는 구름

시인은 자신의 작품에 대해 "현실 세계가 아닌 이상 세계를 그린 시"라고 자평했습니다. 자평에는 '느릅나무 속잎 피는'이라는 구절이 '오리목 속잎 피는'으로 기록되어 있습니다. 그러나 발표된 모든 시에서는 '느릅나무'로 되어 있습니다. 확실하게 단정 지을 수는 없지만, '오리목'이 계절에 더 잘 어울리는 시어가 아닐까 생각해 봅니다. 새해가 되면 오리목이 가장 먼저 생동감을 드러내며, 잎이 나기 전인 2월 무렵에 꽃을 피우

고, 느릅나무보다 먼저 잎이 나오기 때문입니다.

　일제 강점기 말기에 활동했던 박목월(1915-1978)과 조지훈(1920-1968) 같은 청년 문인들은 일본 제국주의의 감시를 받으며 답답한 삶을 살아야 했습니다. 일제 말기, 두 사람은 목월의 고향인 경주에서 만나 많은 이야기를 나누고 며칠을 함께 보낸 뒤 지훈은 집으로 돌아갔습니다. 불국사 아래 풀밭에 누워 잠든 자신을 위해 외투를 덮어주던 목월의 모습을 떠올리며, 지훈은 '완화삼玩花杉'이라는 시를 지어 보냈습니다.

　　차운산 바위 위에 하늘은 멀어/산새가 구슬피 울음 운다//구름 흘러가는/물길은 七百里//나그네 긴 소매 꽃잎에 젖어/술 익는 강마을의 저녁노을이여//이 밤 자면 저 마을에/꽃은 지리라//다정하고 한 많음도 병인 양하여/달빛아래 고요히 흔들리며 가노니..

　이에 목월은 '술 익은 강마을의 저녁노을이여'를 따와 '나그네'라는 시로 화답하였으니

　　강나루 건너서/밀밭 길을/구름에 달 가듯이/ 가는 나그네/길은 외줄기/남도 삼백리/술 익는 마을마다/타는 저녁 놀/구름에 달 가듯이/가는 나그네

두 사람은 뜻이 맞아 박두진과 함께 청록집을 간행하게 됩니다.

목월의 학력은 일제강점기 시절에 다닌 대구 계성중학교 졸업이 전부였습니다. 그는 계성학교에서 교편을 잡다가 광복을 맞아 서울로 올라갔습니다. 그러나 곧 한국전쟁이 발발하자 대구로 피난을 가게 되었습니다. 대구의 한 교회에서 목월의 시를 좋아하는 H 성을 가진 서울 출신의 두 자매를 만나게 되었습니다.

1954년 전쟁이 끝난 후 목월은 서울로 돌아와 서라벌예대 교수가 되었습니다. 언니가 시집을 간 후 동생과 자주 만나 더욱 가까워졌습니다. 목월을 만날 때마다 동생의 가슴에는 사랑의 불꽃이 타오르기 시작했습니다.

목월은 이제 막 40세를 앞둔 유부남으로, 자책감에 괴로워하고 있었습니다. 어느 날, 두 사람의 관계를 알고 있는 가까운 시인 Y를 불러 H 양을 만나 자신을 포기하도록 설득해 달라고 부탁했습니다. Y 씨를 만난 H 양은 그의 말을 듣고 나서 말했습니다. "선생님, 사람이 사람을 사랑하는 것은 죄가 아니겠지요. 저는 단지 박 선생님을 사랑할 뿐, 그 이상은 아무것도 바라지 않습니다. 이런 무조건적인 사랑은 누구도 막을 권리가 없다고 생각합니다." 그러면서 그녀는 손수건으로 얼굴을 감싸며 눈물을 흘렸습니다.

그해 가을, 목월은 서울에서 소리 없이 사라졌습니다.

두 사람은 아무도 모르게 제주도로 밀월여행을 떠났습니다. 이성적인 판단을 가진 보통 사람이라면 감히 그런 용기를 내지 못했을 것입니다. 40대의 가장으로서 가정의 의무를 모두 저버리고 제자격인 여인과 함께 밤봇짐을 싸서 떠날 수 있었을까요?

목월의 부인은 천지사방으로 수소문한 끝에 두 사람이 제주도에 있다는 사실을 알고 그곳으로 달려갔습니다. 1986년 이형기가 쓴 『목월 평전』에는 다음과 같은 내용이 기록되어 있습니다.

「그 부인은 옷 보따리와 돈 봉투를 들고 두 사람 앞에 내놓으며 제자에게 말했다. "선생님은 추위에 약하니 이 솜옷을 입게 하고, 생활에 보태 쓰세요." 남편은 물론 H양에 대해서도 그녀는 전혀 싫은 소리를 하지 않았다. 오히려 그들의 고달픈 객지 생활을 위로했던 것이다. 그러한 그녀 앞에서 H양은, "사모님!"하고 울었다. 목월도 눈시울이 뜨거워짐을 느꼈다. 그 하숙생활은 그 후 두 달 남짓 끌다 끝났다. 유익순 앞에서 울었던 H양은 목월을 단념하게 된 것이다. 결국 목월은 H양과의 이별 후 제주에 좀 더 머물다 1955년 초봄 가정으로 돌아왔다.」

이후 이 이야기는 사실처럼 퍼져나가며, 목월의 부인은 보통 사람이 아닌 선녀처럼 묘사되었습니다.

실제로는 그 부인이 제주도에 찾아가 난리를 치고 서울로 돌아갔으며, 그 여학생은 아버지의 손에 이끌려 고향으로 돌아갔습니다. 이때 제주도 관덕정 옆 여관방에 홀로 남게 된 목월의 심정은 어떠했을까요? 가

을이 깊어질 대로 깊어진 계절, 오지도 가지도 못하는 목월은 여관의 툇
마루에 앉아 하늘을 바라보며 자신의 처지를 탄식하고 있었습니다. 그
때 하늘에는 무리 지어 남쪽으로 날아가는 기러기 떼가 보였습니다. 끼
룩끼룩 울며 날아가는 기러기 떼는 사랑했던 애인을 다시 떠올리게 하
며 감정의 소용돌이에 빠지게 했습니다. 목월은 그 자리에서 '이별의 노
래'를 짓게 되었습니다.

평전에 나온 이야기가 사실이라면 목월이 서울로 올라가 당연히 가족
이 살고 있던 원효로 집으로 들어갔을 것입니다. 그러나 서울로 올라간
목월은 1년여 동안 효자동 버스 종점의 하숙집에서 혼자 살았습니다.
아마도 그 난리를 친 부인에게는 바로 들어갈 수 없었기 때문이었을 것
입니다. 만약 평전의 이야기처럼 되었다면, 본부인에게 미안해서라도 원
효로 집으로 돌아갔을 것입니다. 평전에는 제주도에서 서울로 돌아와 집
으로 들어가 살았다고 했지만, 그것은 사실이 아니었습니다.

<이별의 노래>

기러기 울어 예는 하늘 구만리
바람이 싸늘 불어 가을은 깊었네
아아 아아 너도 가고 나도 가야지

한낮이 끝나면 밤이 오듯이

우리의 사랑도 저물었네
아아 아아 너도 가고 나도 가야지

산촌에 눈이 쌓인 어느 날 밤에
촛불을 밝혀두고 홀로 울리라
아아 아아 너도 가고 나도 가야지

이 시에 김성태가 곡을 붙인 '이별의 노래'가 탄생하게 되었습니다.

사실 고등학교 시절 음악 시간에 그 시에 대한 연유를 제대로 알지 못한 채 얼마나 많이 이 노래를 불렀던지요! '이별의 노래' 이야기를 되새기면서도 목월의 애정 행각이 비천하게 느껴지지 않는 것은 아마도 그에 대한 호감 때문일지도 모릅니다.

이제 서늘한 바람이 불어오는 늦가을, 추운 북쪽을 떠나 남쪽으로 떼지어 날아가는 기러기 떼를 볼 때면, 한 갑자도 훨씬 넘은 고등학교 시절의 목월의 '이별의 노래'가 아직도 입가에 맴돕니다. 꿈같은 고등학교 시절이 그리워집니다.

자작나무, 시詩가 되다

영화를 종합 예술이라고 한다. 한편의 영화 속에는 모든 예술이 녹아 있기 때문이다. 자작나무에 대해 이야기하면 대부분의 사람들이 영화 '닥터 지바고'를 떠올린다. 하얀 설원을 달리는 기차와 자작나무 풍경이 인상적이다. 1960년대 소련에서 제작된 '차이콥스키'라는 영화가 있다. 이 영화에 나오는 자작나무 숲 또한 아름답기 그지없다. 상업성을 목표로 만들어진 영화가 아니라 예술성에 초점을 맞추어 만들어진 영화이다

차이콥스키는 30대 중반에 성격 차이로 이혼을 하였다. 그 후유증으로 어려운 시절, 그의 팬이었던 백작부인의 후원으로 프랑스로 유학을 떠난다. 2년 후 각고의 노력으로 '피아노 협주곡 No.2'를 작곡하여 발표했다. 그러나 유럽 음악가들의 반응이 신통치 않았다. 그는 기차를 타고 모스크바로 향한다. 시름에 잠긴 차이콥스키는 모스크바 역에 도착하여 백작부인을 만난다. 하얀 마차에 둘이 앉아 모스크바 교외에 있는 별장으로 향하는 장면이 이 영화의 백미이다. 두 마리의 백마가 이끄는 하

안 마차가 온통 흰 눈으로 덮여 있는 자작나무 숲속 길을 달려 나간다. 하늘 높이 자란 자작나무들은 겨울바람을 맞아 큰 포물선을 그리며 흔들린다. 나뭇가지에 수북이 쌓여 있던 눈덩이가 마차 지붕으로 내려앉는 그 길을 달리고 있는 장면, 이때 '피아노 협주곡 No.2'의 조용한 선율이 춤추는 눈꽃에 녹아 흘러내린다. 이 영화를 본 지 50년이 넘었지만 머릿속에 이 장면을 상상만 해도 가슴은 뛰고 숨이 멈출 것 같은 감동을 느낀다.

70, 80년대 KBS 라디오 방송에서 밤 11시에 수험생들의 친구였던 '한밤의 콘서트'라는 인기 있는 프로그램이 있었다. 이때 백 뮤직으로 나오는 음악이 바로 차이콥스키의 '피아노 협주곡 No.2'다. 이 음악을 들으면 마치 하늘의 별들이 쏟아져 내리는 것 같은 착각에 빠진다. 그래서 나에겐 자작나무 하면 피아노 협주곡 No.2와 함께 기억되고 있다.

자작나무는 추위에 강하다. 그래서 북극의 왕자가 된 것이다. 북구 여러 나라의 문학에 많은 소재가 되었으며 그에 대한 가곡도 많다. 자작나무를 한문으로는 백화白樺라고 부른다. 이 백화라고 제목을 단 우리나라 시를 백석이 처음 발표를 하였다.

백화白樺 - 백석(1912~1996)

산골 집은 대들보도 기둥도 문살도 자작나무다.

밤이면 캥캥 여우가 우는 산山도 자작나무다.
그 맛있는 메밀국수를 삶는 장작도 자작나무다.
그리고 감로甘露같이 단 샘이 솟는 박우물도 자작나무다
산 너머는 평안도 땅도 뵈인다는 이 산山골은 온통
자작나무다

백석은 고향인 평안도 정주에서 오산학교를 다녔다. 그때 조선일보 부사장이었던 방 사장의 후원을 받아 아오야마 가쿠인 대학 영어 사범과에 들어가 영어, 독일어, 러시아어를 배우고 돌아와 조선일보 기자로 활약했다. 1937년 함흥 영생고보 영어 교사를 하고 있을 때 지은 시가 '백화'다. 백석은 자작나무와 같이 생활했던 사람으로 자작나무를 누구보다 잘 아는 시인이었다.

깊은 바다처럼 고요하고 깜깜한 밤하늘, 셀 수 없이 많은 별들은 더욱 더 선명하게 빛나고 있다. 오랜만에 영생고보 선생님들과 함흥관에서 거하게 한 잔 하고 집으로 돌아오는 길에 하얀 수피가 밤인데도 달빛처럼 환한 자작나무 숲을 본다.

깊은 밤 고요 속에 캥캥 여우 울음소리가 더욱 크게 들린다. 이런 밤이면 흘러간 기억들이 새록새록 떠오르게 된다. 지난해 충무 친구 결혼식에 갔다가 만난 해맑고 예쁜 박경련을 생각하고 있는지 모를 일이다. 밤은 깊어 깜깜한데 수피가 환한 자작나무 숲길을 걸으면 평안도 정주

고향 생각에 빠져든다.

백석은 우리나라 서사시인의 효시이다. 서시를 지은 윤동주나 향수로 유명한 정지용 시인의 길잡이였다. 그는 '나와 나타샤와 흰 당나귀'로 기생 자야와의 이루지 못할 사랑으로 유명해졌다. 자야의 무한한 사랑의 힘으로 만들어진 '백석문학상'을 통해 남쪽에서 다시 태어나게 되었다.

자작나무를 찾아서 - 안도현 (1961~)

따뜻한 남쪽에서 살아온 나는 잘 모른다.
자작나무가 어떻게 생겼는지를.
대저 시인이라는 자가 그까짓 것도 모르다니 하면서
친구는 나를 호되게 후려치며 놀리기도 했지만,
그래서 숲길을 가다가 어느 짓궂은 친구가 멀쑥한 백양
나무를 가리키며
이게 자작나무야, 해도 나는 금방 속고 말 테지만,

그 높고 추운 곳에서 떼 지어 산다는
자작나무가 끝없이 마음에 사무치는 날은
눈 내리는 닥터 지바고 상영관이 없을까를 생각하다가,
어떤 날은 도서관에서 식물도감을 뒤적여도 보았고
또 어떤 날은 백석과 예쎄닌과 숄로호프를 다시 펼쳐 보았지만 자작나무가 책 속에 있으리라 여긴 것부터 잘못이었다.

그래서 식솔도 생계도 조직도 헌법도 잊고
자작나무를 찾아서 훌쩍 떠나고 싶다 말했을 때
대기업의 사원 내 친구 하얀 와이셔츠는
나의 사상이 의심된다고, 저 혼자 뒤돌아서서
속으로 이제부터 절교다, 하고 선언했을지도 모른다.

그때마다 나는 이렇게 말해 주고 싶었다.
연애 시절을 아프게 통과해 본 사람이 삶의 바닥을 조금
알게 되는 것처럼
자작나무에 대한 그리움도 그런 거라고.
내가 자작나무를 그리워하는 것은 자작나무가 하얗기 때문이고
자작나무가 하얀 것은 자작나무 숲에서 일하는 사람들이
때 묻지 않은 심성을 가졌기 때문이라고.

친구여, 따뜻한 남쪽에서 제대로 사는 삶이란
뭐니 뭐니 해도 자작나무를 찾아가는 일
자작나무 숲에 너와 내가 한 그루 자작나무로 서서
더 큰 자작나무 숲을 이루는 일이다.
그러면 먼 나라에서 온 사람들이 우리를 보고 깜짝 놀라겠지.
어라, 자작나무들이 꼭 흰 옷 입은 사람 같네, 하면서.

안도현은 원광대학교 국어국문학과를 졸업하고 동국대학교 대학원 문예창작과를 졸업하였다. 1981년 시 〈낙동강〉으로 대구매일신문 신춘문예에 등단했고, 1984년 〈서울로 가는 전봉준〉이 동아일보 신춘문예에 당선되었다. 초기에는 민중시로 시작하였으나 그 후로 서정시로 이행해 가는 시인이라고 한다. 대한민국을 대표하는 윤리 시인으로 이름이 나 있다.

이 시를 읽으면서 남쪽에 살고 있는 대부분 사람들의 자작나무에 대한 느낌은 안 시인과 비슷할 것이라 생각된다. 자작나무는 남쪽에서 흔히 볼 수 있는 나무가 아니고 춥고 겨울이 긴 북쪽에서 자라는 나무이기 때문이다. 그래서 잘 알지 못하는 것을 상상으로 또는 책으로 이해해 보려고 노력한다. 잘 모르는 것에 대한 동경처럼 왠지 신선해 보이고 깨끗할 것 같고 순수해 보이고 신성시되는 나무 같다는 생각을 가진다. 자작나무의 수피의 색깔이 하얀색으로 깨끗한 느낌을 주기 때문이다. 사는 곳 또한 속세와 떨어진 높은 산 위에 살고 있어서 쉽게 가까이하기 어렵고 그곳은 춥고 거칠고 척박한 땅이어서 모진 고통을 겪어야 살아남을 수 있는 인고의 나무로 인식되기 때문일 것이다. 안도현은 사시나무를 자작나무라고 해도 믿을 정도로 자작나무에 대한 이해가 부족하다고 했다. 그래서 그의 시 속에는 그가 상상하고 있던 자작나무가 그대로 살아나고 있다. 그래서 백석을 찾아보고 닥터 지바고 영화를 다시 보고 싶어지는 마음을 읽을 수 있다.

시인의 자작나무에 대한 상상력이 이 시에 그대로 녹아 있다. 청결하고 순결하고 고고하기까지 한, 그래서 그 나무를 잘라내는 벌목꾼의 마음속까지도 하얗게 순수할 것이라고 상상하는 시인의 마음이 아름답다.

물 건너는 자작나무 - 안도현(1961~)

한 떼의 자작나무가 이도백하二道白河를 건너고 있다
물을 가르는 허벅지들이 하얗다
자작나무들은 보퉁이 하나씩을 이고 앞서거니 뒤서거니 가고 있다
머리에 인 보퉁이가 클수록 삶은 가난처럼 슬프다
어두워지는데 옆모습 희미해진 자작나무들이 두런거린다
백 년 넘게 물을 건너느라 발목이 시큰거린다고

안도현의 두 번째 시 '물 건너는 자작나무'는 우리 민족의 고난의 역사를 상징하고 있다. 자작나무가 우리의 민중이며 자작나무의 삶이 우리 민족의 뿌리임을 나타내고 있다. 백두산의 흰 자작나무와 백의민족은 닮아서 하나라고 외치고 있는 것 같다. 그의 시에서 자작나무는 현실 속에서 순수함, 그리고 깨끗함으로 다시 살아나고 있다.

자작나무 - 도종환(1955~)

자작나무처럼 나도 추운 데서 자랐다

자작나무처럼 나도 맑지만 창백한 모습이었다
자작나무처럼 나도 꽃은 제대로 피우지 못하면서
꿈의 키만 높게 키웠다

내가 자라던 곳에는 어려서부터 바람이 차게 불고
나이 들어서도 눈보라 심했다

그러나 눈보라 북서풍 아니었다면
곧고 맑은 나무로 자라지 못했을 것이다

단단하면서도 유연한 몸짓 지니지 못했을 것이다
외롭고 깊은 곳에 살면서도 혼자 있을 때보다
숲이 되어 있을 때 더 아름다운 나무가
되지 못했을 것이다

　도종환 시인, 그는 학교 교사로 전교조 교원으로 정직하고 바른 교육을 위해 쉬지 않고 노력하고 싸우고 싸우다가 국립호텔 신세까지 지고 나와 국회의원이 되고 문화공보부장관이 되었다. 2020년 다시 국회의원이 되어 국회에서 문화공보위원장을 맡고 있는 유능한 정치인으로 분류되고 있다. 정치인 중에 시인이 없는 것은 아니다. 박정희 정권 때 국회의장을 지낸 한솔 이효상은 독문학을 전공하고 시집을 여러 권 출판한 시인이었다. 소월 시인을 좋아했던 한솔도 남쪽으로 피난해 온 소월 시인

의 아들을 국회의사당 수위로 취직을 시켜주었다고 한다. 한솔에 못지
않게 도종환 시인도 유명한 정치인이 되어 있다. 도종환 하면 '접시꽃 당
신'이라는 시가 머리에 떠오른다. 저 세상으로 먼저 보낸 자기 아내를 위
해 쓴 시였다. 도종환의 시는 사실적이고 직설적이어서 이해하기 쉽다.
시인은 먼저 자작나무를 동토의 땅에 어려운 환경에서 고통을 참고 견
디어 인내하여 드디어 큰 나무로 성장했다는 것을 자기 인생에 비유해
서 노래하고 있다. 그렇다. 자작나무는 쉽게 편하게 자라는 나무가 아니
다. 매서운 북풍한설에 꺾이지 않고 견디어 저렇게 우람차게 높이 솟아
서있다. 그의 삶을 되돌아보면 시인 본인의 인생을 닮았다고 느끼게 된
다. 이 시를 보면 도종환 시인의 인생은 한마디로 인고忍苦 그 자체임을
알 수가 있다. 그래 그대는 자작나무라고 불러도 모자람이 없을 것 같다.

자작나무 - 양진건(1957~)

자작나무는 알고 있을까?
왜 우리는 모든 것을 떠나보내야 하는 건지,
바람에 몸을 기댄 채
우수수 나뭇잎을 떠나보내듯
때가 되면
서글프지만 왜 우리는 뒤척이며 헤어져야 하는 건지

자작나무는 알고 있을까?

그것들이 비록 슬픈 몸짓으로 떠나지만

때가 되면

다시는 누구도 만나지 않을 것처럼

그것들은 떠나지만

왜 우리는 많은 밤을 지나 다시 만나야 하는지,

우리는 즐거워하는 것이 비록 고통뿐이어도

왜 우리는 사랑해야 하는지

그래서 슬픔과 기쁨은

불륜처럼 함께 하는 것이지만

외로웠으므로 그래서

내 가슴은 다시 뜨거워지는 것인지 모르지만,

사랑하는 그대여.

돌아보면 언제나 나는 돌아오고 있을테니

헤어진 것과 헤어지는 것들 틈에서

그토록 바스락거리는 자작나무처럼

비로소 귀 열고

목 뻗어, 오늘도 나를 기다려 주오.

제주대 교수인 양진건 시인은 제주 토박이 시인이다. 이 시에 대한 시
상詩想이 어디에서 왔는지 잘 알 수는 없지만, 제주의 아픔은 몽고 병사
들에 쫓겨 가 죽은 고려 삼별초군과 망해 버린 탐라국의 슬픔과 대한 광

복 후 4·3 사건으로 이름 붙여진 제주 민간인 학살 사건을 떠올리게 된다. 이 시는 1980년대 학생운동, 그때의 아픔을 이 시의 행간에서 읽게 된다면 자작나무는 그냥 세워둔 화자일 뿐이다. 그러나 화자로 다른 나무가 아니라 하필이면 자작나무를 세운 것은 이 나무만이 우리 민족을 닮은 역사성과 순수성이 녹아 있기 때문일 것이다. 시인은 그가 가지고 있는 역사적인 의문을 계속 자작나무에게 물어보고 있는 중이다. 마치 자작나무가 우리에게 모든 것을 가르쳐 주는 스승이라도 되는 것처럼.

자작나무숲으로 가서 – 고은(1933~)

광혜원 이월마을에서 칠현산 기슭에 이르기 전
그만 나는 영문 모를 드넓은 자작나무 분지로 접어들었다
누군가가 가라고 내 등을 떠밀었는지 나는 뒤돌아보았다
아무도 없다 다만 눈발에 익숙한 먼 산에 대해서
아무런 상관도 없게 자작나무숲의 벗은 몸들이
이 세상을 정직하게 한다. 그렇구나 겨울나무들만이 타락을 모른다
슬픔에는 거짓이 없다 어찌 삶으로 울지 않은 사람이 있겠는가
오래오래 우리나라 여자야말로 울음이었다. 스스로 달래어온 울음이었다
자작나무는 저희들끼리건만 찾아든 나까지 하나가 된다
누구나 다 여기 오지 못해도 여기에 온 것이나 다름없이
자작나무는 오지 못한 사람 하나하나와도 함께인 양 아름답다

나는 나무와 나뭇가지와 깊은 하늘 속의 우듬지의 떨림을 보며
나 자신에게도 세상에도 우쭐해서 나뭇짐 지게 무겁게 지고 싶었다
아니 이런 추운 곳의 적막으로 태어나는 눈엽嫩葉이나
삼거리 술집의 삶은 고기처럼 순하고 싶었다
너무나 교조적인 삶이었으므로 미풍에 대해서도 사나웠으므로

얼마 만이냐 이런 곳이야말로 우리에게 십여 년 만에 강렬한 곳이다
강렬한 이 경건성! 이것은 나 한 사람에게가 아니라
온 세상을 향해 말하는 것을 내 벅찬 가슴은 벌써 알고 있다
사람들도 자기가 모든 낱낱 중의 하나임을 깨달을 때가 온다
나는 어린 시절에 이미 늙어 버렸다. 여기 와서 나는 또 태어나야 한다.
그래서 이제 나는 자작나무의 천부적인 겨울과 함께
깨물어먹고 싶은 어여쁨에 들떠 남의 어린 외동으로 자라난다
나는 광혜원으로 내려가는 길을 등지고 삭풍의 칠현산 험한 길로 서슴
없이 지향했다

최근에 우리가 살고 있는 사회가 많이도 바뀌어 가고 있다. 그중에 하
나가 '미투' 사건이다. 그 와중에 나이가 너무 많아 이집트 피라미드 무
덤 속에 앉아 있을 것 같은 우리나라 시인이 한 분 있다. 이름하여 고
은, 출생연도가 1933년생이니 이제 90세가 되는 셈이다. 한때 우리나라
에서 노벨 문학상을 받도록 추천위원회가 만들어지기도 했던 시인이었
다. 그런데 성추행 사건에 휘말려 생명이 다하고 말았다. 그는 천부의 시

심을 타고났다. 그는 인도의 타고르와 같은 시인이 되길 원했다. 그래서 많은 일을 해왔다. 그러나 다스리지 못한 객기가 만사를 망쳐 놓고 말았다. 여하튼 그가 해놓은 일들 중에 자작나무 시가 있다. 이미 생명이 다 해 간 시인의 시를 올리지 않는 것이 좋을 것 같다는 생각도 들었으나 그것은 그것이고 시는 시라고 생각한다. 그는 우리나라 단군 이래 한반도의 길고 긴 역사를 대서사시로 엮을 요량을 했다. 일제 말 수원고농을 졸업한 임경빈은 백두산 영림서에 근무한 적이 있었다. 박정희 정권 때 사상범으로 수감 중이던 고은이 그 사실을 알게 되었다. 그리고 만나자는 연락을 하여 백두산에 근무할 적에 보았던 자작나무 이야기를 해줄 것을 부탁했다고 한다.

경주 천마총에서 출토된 자작나무 수피로 천마를 그린 말안장처럼 우리나라 역사에 자작나무는 그냥 나무가 아니다. 자작나무가 자라고 있는 그러한 곳에 살던 북방 사람들이 경주에 와서 신라를 세우고 살게 된 흔적이라고 이해하고 있었다. 고은의 대서사시가 작성되고 있는지 어쩐지는 알 수가 없다.

이 시에 나오는 광혜원 이월마을의 칠현산은 충청북도에 있는 산이다. 이곳에서 시상을 펼친 특별한 이유가 있겠지만 잘 알 수가 없다. 그러나 이 '자작나무 숲으로 가서'라는 시에서 그는 우리 민족의 뿌리를 찾고 있었던 것 같다는 생각을 하게 된다. 그래도 고은이 지향했던 자작나무의 역사는 바로 우리 민족사에 마주 닿아 있을 것 같다는 생각이 들었다.

자작나무 - 임성용(1965~)

우리 집은 자작나무 한 그루와 함께 산다.
이 년씩 살고 세 번을 연장할 수 있는
국민 영구 임대 아파트
복도식 계단 맨 끄트머리, 햇살 좋은 곳
손을 내어 뻗으면 바로 닿을 듯한 거리에
단단하게 여윈 자작나무는 서있고
희고 매끈한 그 살결이 늘 꿈만 같았다

무성하고 성긴 잎들이 펄럭거리는 날엔
평안도나 백두산 어디 빼곡한 밀림의 숲을 헤치고
앙상한 가지만 남은 날에는 뼈까지 굶주린 말을 타고
장총을 맨 사내와 함께 허허벌판으로 달려 나갔다.
어둠 속에 눈이 쌓이고 또 쌓이는 겨울이면
유난히도 눈매가 고운 북방 시인의 자작나무를 생각하다가
문득, 그 숲에서 간절하게 눈을 감은 누군가의 얼굴이 떠올랐다

폭설이 그친 이슥한 밤이었던가
쓰러질듯 기울어진 자작나무를 보며

나는 울컥, 밀려오는 한 모금 울음이라도 흘러
아직은 내 몸통이 약한 자작나무의 뿌리를 바로 세우고
내가 사랑하는 자작나무를 위해 밤새 기도하고 싶었다
어느 하늘 끝에서 풀려나온 바람이 자작나무를 스쳐갔다
그러자. 무수히 떨리는 씨앗들을 매단 가지 하나가
몸살을 하듯 나에게로 기울어졌다.

내가 그의 싸늘한 손을 잡고 나서
나를 명명백백 사랑하게 된 자작나무는
다소곳이 내 앞에 다가와 못내 서성거렸다.
하지만, 봄이 되면
영구입주민의 자격을 빼앗긴 나는
우리 집을 영영 잃어야 한다.
견결한 자작나무, 그는 나를 쉬이 이별해주지 못하고
어디로든 마음 놓고 옮겨갈 수 없는 거처를 슬퍼할 뿐
나는 아무 말 없이 그를 떠나야 한다.

자작나무를 떠나면서,
비로소 내가 그를 사랑한 것 보다
그가 나를 끔찍이도 사랑했다는 것을 알았다.
그 사실을 깨닫고, 나는 눈물이 나도록 행복했다.
내가 그의 곁을 떠나 다시는 돌아올 수 없을지라도

자작나무는 정한 모습 그대로
오래도록 눈을 맞고 서 있을 것이다.

　임성용은 보성 출신의 노동 시인이다. 노동을 하면서 시를 쓰는 강렬한 서정 시인으로 평가받고 있다. 2011년 전태일 문학상을 취득하였다. 노동을 하면서 시를 쓰며 살아간다는 것은 결코 쉬운 일이 아니다. 그에게 시란 호구지책을 책임져 줄 수 없는 그저 허황한 직업의 이름이기 때문이다. 그래서 그의 시는 직설적이고 직관적인 표현으로 점철되어 있다.

　이제 오랫동안 살아왔던 임대 아파트가 재개발되어 쫓겨나게 된 아파트 담 모퉁이에 서 있었던 수피가 하얀 자작나무가 눈에 들어온다. 시인은 분명 이 나무를 보면서 백두산을 그리고, 백석 시인을 그리워했을 것이다. 그는 이 자작나무를 독립군 용사로 보았던가 아니면 우리 민족의 선구자로 보았던 간에 이들의 씨앗이 다시 우리 땅에 떨어져 퍼져 나갈 꿈을 꾼다. 이제 헤어지게 된 지금 그 자작나무는 전혀 다른 사물로 인식된다. 아마 내가 그 나무를 애지중지했던 적이 있었던가 하는 생각을 하면서 아니야 내가 아니라 바로 그 자리에 서서 항상 나를 지켜봐 주었던 바로 그 선각자가 나보다 더 나를 사랑했다는 생각이 들었다. 우리는 보통 때는 잘 모르지만 막상 이별할 때가 되면 그동안 일들을 새록새록 기억하게 된다. 그래서 다른 눈으로 서로를 바라보면 깊이 감추어 놓았던 보물단지를 찾아 만난 것처럼 즐겁고 행복을 느끼게 된다. 임대 아파트 한쪽 벽에 서서 항상 같은 자세로 나를 지켜보았던 선각자가 이별 이

후에는 더욱 그리워지고 애틋해질 것 같은 깊은 상상의 우물에 빠지게
된다. 항상 긴장된 육체노동으로 생활을 이어가는 노동자 시인에게 이
아파트 담 모퉁이에 서 있는 자작나무가 더욱 큰 소리로 사랑을 외치고
싶은 것인지도 모른다.

자작나무 - 류시화(1959~)

아무도 내가 말하는 것을 알 수가 없고
아무도 내가 말하지 않는 것을 말할 수 없다
사랑은 침묵이다

자작나무를 바라보면 이미 내 어린 시절은
끝나고 없다

이제 내 귀에
시의 마지막 연이 들린다
내 말은
나에게 되돌아 울려오지 않고 내 혀는
구제받지 못했다

류시화 시인의 삶은 아주 특이하다. 본명은 안재찬이며, 경희대 국어
국문과를 졸업하고 1980년 한국일보 신춘문예로 등단했다. '시운동' 동

인으로 활동하다가 1983년 활동을 중단하고 류시화라는 필명으로 명상 서적을 번역했다. 1988년부터 미국, 인도 등지의 명상센터에서 생활하거나 인도 여행을 하며 '라즈니쉬'의 명상 서적을 번역했다. 그는 쉬지 않고 글을 쓰고 발표하며 일반 대중들에게 호감을 얻고 있다. 그러나 그는 단순한 시인 또는 사상가라고 정의하기 어려운 인물이다. 인간의 깊은 내면세계를 들여다보고 치유하는 능력을 지닌 선지자나 구도자와 같은 시인이다.

자작나무라는 시에서 "자작나무를 바라보면 이미 내 어린 시절은 끝나고 없다"라는 구절이 나온다. 왜 자작나무를 바라보면 이미 어린 시절이 끝나버린 것일까? 여기서 자작나무는 단순히 북구에 사는 인고의 나무의 이미지로만 사용되고 있는 것일까? 아니면, 지구 먼 북구의 끝, 자작나무의 숲을 만나 우리의 뿌리를 알게 되었을 때, 그는 이미 어린 시절을 넘어섰다는 의미일까?

마지막 구절 "내 말은 나에게 되돌아 울려오지 않고 내 혀는 구제받지 못했다"는 내가 세상에 외치는 말이 더 이상 메아리 없이 사라지고, 내혀는 굳어져 더 이상 소리를 낼 수 없는 상태를 의미한다. 이는 그의 말과 소리가 공허한 세상 속으로 사라져버렸다는 뜻으로 해석될 수 있다. 여기서 말하는 자작나무는 실제 나무가 아니라, 은유로 승화된 시인의 심오한 언어를 의미한다.

자작나무에 대한 우리 시는 1937년 백석의 시로 시작하여 최근 2000년대까지 많은 시가 발표되었다. 그중에 대표적인 몇 안 되는 작품을 뽑아 살펴보았다. 시어에서 우리 민족과 관련하고 있는 나무가 우리의 국목 소나무보다 자작나무 쪽이 더 밀접하게 관계되어 있는 것 같은 느낌을 받았다.

경주 천마총은 자작나무 수피에 천마가 그려진 장니障泥가 출토되어 붙여진 이름이다. 자작나무에는 한민족의 역사가 진하게 배어 있다. 시인들의 언어 속에서 백의민족, 백두, 자작나무의 하얀 수피, 이들은 순수함, 깨끗함, 의젓함, 그리고 사려 깊고 엄숙하기까지 한, 그러나 그다지 나대지 않고 정중하고 인내하는 그러한 밝고 긍정적인 의미를 가진 대상으로 그려져 있다.

치유숲속의 대화

서울에 있는 고등학교에서 생물을 가르치는 최 선생이 주말을 맞아 자연을 좋아하는 중학교 3학년 딸을 데리고 장성 축령산 편백림을 찾아 가기로 했다. 집 가까이 있는 용산역에서 아침 일찍 무궁화호 기차를 타고 김삿갓 금강산 구경하듯 낙낙하게 시작했다. 아침 7시 56분에 출발한 기차가 4시간여를 달려 백양사역에 예정 시간 보다 조금 늦은 12시에 도착하였다. 선배인 숲과 문화학교 강 교장이 자동차를 가지고 마중을 나왔다. 세월이 가도 항상 생기발랄한 강 교장을 만나는 것만으로도 기쁨이었다. 같이 이른 점심을 마치고 축령산으로 향했다. 나뭇잎들이 새로 피어난 5월의 남도 길은 드라이브하기 좋은 길이었다.

오후 2시쯤 축령산 입구에서 춘원 임종국 선생의 기념비를 보고 축령산의 역사를 알게 되었다. 전북 고창군과 전남 장성군 경계에 위치한 이곳은 광주에서 40여 분 거리에 있어 숲 체험 장소로 많은 사람들의 사랑을 받고 있는 곳이다.

1956년부터 1976년까지 20여 년간 임종국 선생은 열과 성의를 다해 나무를 심어 삼나무와 편백숲을 만드는 데 성공했으나 경영상의 어려움으로 다른 사람들에게 넘어가 숲이 황폐해졌다. 이를 보존하고 가꾸기 위해 2002년 서부지방산림청에서 구입하여 '장성 삼나무·편백 경영 모델림'으로 조성하고 있다고 한다.

기념비에서 약 1km 떨어진 곳에 있는 야외 숲속 교실까지 천천히 걸어가면서 가슴속에 가득 차 있던 도심의 답답함을 심호흡으로 내보내니 온몸이 시원한 숲 향기에 감싸여 자연의 찬미와 축복을 받은 것 같았다.

야외 숲속 교실은 이 숲을 찾아온 많은 사람들이 앉아 쉴 수 있도록 조성된 곳으로, 서부지방산림청 소속 숲 해설가들이 방문객들에게 숲에 대해 해설을 해주기 위해 항상 기다리고 있는 곳이다. 오늘은 토요일이라 전국 각지에서 온 방문객들이 진지하게 숲에 대한 설명을 듣고 있는 팀들이 많았다.

숲속 교실 바로 위쪽에 2005년에 이장한 임종국 선생의 수목장 묘소가 있다고 하여 올라가 보았다. 산등성이 위에 마련한 평지에 20년쯤 되어 보이는 느티나무가 심어져 있고, 나무에는 "춘원 임종국 선생 나무"라는 작은 반원형 목판이 매달려 있다. 주변에는 임종국 선생이 심고 가꾸었다는 삼나무와 편백으로 둘러싸여 있는데, 느티나무의 모습이 생경해 보였다.

항상 생각이 많은 딸이 어머니에게 질문을 했다.

딸: 엄마, 임 선생이 삼나무와 편백을 많이 심었다고 하는데 왜 수목장을 느티나무로 했을까? 좀 이상하지 않아?

엄마: 그래, 춘원 선생 나무라고 하면 평소 좋아했던 삼나무나 편백으로 해야 할 것 같은데 왜 느티나무로 했는지 엄마도 잘 모르겠구나. 다른 깊은 뜻이 있는지?

춘원 선생 묘소를 보고 내려와 숲속 교실의 벤치에 앉아 휴식을 하면서 다시 이야기가 이어졌다.

딸: 임 선생이 심었다는 삼나무, 편백은 어떤 나무야?

엄마: 삼나무는 일본에만 자연 분포하는 나무고, 편백도 일본에서 가장 중요한 나무지. 삼나무는 빨리 자라고 나무 목재가 부드러워서 집을 짓거나 가구용으로 많이 사용하고 있어. 일본의 집들은 대부분이 목재로 짓는데, 그것도 삼나무가 가장 많이 사용되고 있지. 삼나무는 목재가 탄력이 있어서 지진이 나도 흔들리면서 내려앉지 않고 잘 견디기 때문이야. 편백은 삼나무보다 3배쯤 더 길러야 목재로 쓸 수 있을 만큼 단단하게 자라는 나무인데, 재질이 좋아서 일본 사람들이 가장 귀하게 여

기는 나무란다.

딸: 재질이 좋다는 것은 무슨 뜻이야?

엄마: 편백 목재는 다른 나무에 들어있지 않은 특수한 물질이 있어서 사람에게 좋은 짙은 향이 나오고, 이 나무로 집을 지으면 아주 오랫동안 모기 같은 해충이 가까이 오지 않고, 이 나무로 사우나 시설을 만들면 아토피 피부도 좋아지지. 그리고 살아있는 편백숲에서 산림욕을 하면 피톤치드가 많이 나와 사람들의 기분을 상쾌하게 만들어 준단다. 지금 우리가 기분이 좋은 것처럼 말이야.

주변에서 숲해설가의 이야기를 듣고 난 사람들이 하나둘 주변에 모여 엄마와 딸의 대화에 귀를 기울이고 있었다. 상쾌한 숲속의 공기는 주변을 평화로운 분위기로 만들어 주었다.

딸: 저 길 너머 한쪽에 편백과 삼나무와 다른 작은 저 나무는 무슨 나무야?

엄마: 아, 저거 말이야. 저것은 주목이라고 하는데, '죽어 천년, 살아 천년'이라는 아주 좋은 우리나라의 고유 수종이지. 높은 산 위에서만 자생하는데, 최근 지구 온난화로 점점 그 생육지가 좁아지고 있단다. 빨간 열매가 달려 있는데, 그 열매에는 독성이 있어서 토끼 귀에 넣으면 토끼가

죽는대. 아마 셰익스피어의 소설에서도 독약 대신에 주목 열매를 사용하는 대목이 있다고 하더라.

이 주목은 정원수로도 좋지만, 그 수피 속에 있는 택솔이라는 성분은 부인병과 암에 특효가 있어서 자궁암, 난소암에 특히 효과적이란다. 수피에 들어 있는 양이 얼마 되지 않기 때문에 한 사람을 치료하기 위해서는 100년 이상 된 주목나무 80그루 이상이 필요하대. 현재 미국에서는 대량으로 심어 놓은 주목 숲에서 주사제를 만들어 팔고 있어. 하지만 심어 놓은 나무만으로는 충분한 양을 생산하기 어렵기 때문에, 유전공학 기술을 통해 택솔 생산성이 높은 세포를 선발하고 액체 배지에서 배양하는 방법으로 더 많은 택솔을 얻으려는 연구가 미국과 국내에서도 활발히 진행되고 있단다.

딸: 유전공학이 뭔데, 그렇게 의약품도 만들 수 있어?

엄마: 유전공학은 생물공학이라고도 불리는 최신 학문으로, 1900년에 시작된 유전학에서 발전된 거야. 1953년에 유전자 구조인 DNA가 밝혀졌고, 1973년에는 유전자 재조합 기술이 개발되었어. 또 1977년에는 DNA 염기서열 분석법이 개발되면서 의약품, 식품, 미생물, 농업 등 여러 분야에서 활용되고 있지.

먼저 농업 분야에 대해 이야기하자면, 1983년에는 제초제에 저항성을 가진 담배가 개발되었고, 1994년에는 쉽게 물러지지 않는 토마토 'Flavr

Savr'가 시장에 나왔어. 1995년에는 제초제 저항성 콩과 해충에 강한 옥수수가 농장에서 재배되기 시작했지. 그리고 2000년에는 '황금 쌀'이 개발되었어. 2008년에는 21종의 작물에서 102가지 품종이 재배되어 상품으로 만들어져 세계 각국으로 수출되었단다.

딸: 유전공학은 어떤 신품종을 만드는데?

엄마: 새로운 품종을 만드는 학문을 육종학이라고 하는데, 예전부터 해왔던 교잡이나 선발 및 도입을 이용하여 육종을 하는 것을 고전 육종학이라고 해. 이런 육종학에서는 교배가 이루어지지 않는 것은 육종 대상으로 삼을 수가 없지. 예를 들어 암소와 수퇘지를 한 우리 안에 넣고 길러도 서로 교배할 수 없어서 자식이 생기지 않으니까 새로운 품종을 만들 수 없는 거야. 마찬가지로 나팔꽃과 동백꽃을 같이 심어도 두 수종 간의 잡종이 생기지 않는 것과 같은 이치지.

그런데 유전자 재조합 기술이 개발되면서부터 미생물, 동물, 식물 간의 벽이 완전히 무너졌어. 다시 말해 미생물 속에 들어 있는 유전자를 잘라내 원하는 식물이나 동물에 넣어 신품종을 개발할 수 있는 기술이 바로 유전자 형질 전환 기술이야. 이 기술을 연구하는 학문을 생물공학이라고 부르는 거지. 이 기술을 이용해서 농작물, 화훼식물, 나무, 동물, 미생물 등의 신품종을 만들고 있어.

이와 같은 생물공학적 기법으로 만들어진 것을 생물은 GM(Gene Modification), GMO(Gene Modified Organism) 또는 LMO(Living

Modified Organism)라고 부르게 되었어. LMO는 살아있는 것이고, GM
은 변형된 곡물로 만든 식용 제품까지도 포함하는 이름이야. 그런데
2000년도에 UN에서 처음 법을 만들 때 LMO라는 이름을 사용했고, 우
리나라에서도 2008년부터 시행되고 있는 LMO 법이 있기 때문에, 엄마
생각에는 LMO라고 통합해서 사용하는 것이 좋지 않을까 싶어.

주변에서 같이 듣고 있던 사람들 중에는 이해가 되는 듯 고개를 끄덕
이기도 하였다.

딸: 그럼 나무에 대한 생명공학 기술은 어떻게 하는지에 대해서도 이
야기해 줘.

엄마: 생명공학 기술은 생물체 간에 차이가 없다는 점에서 출발해. 원
하는 유전자를 찾아내서 그 유전자를 분리하고, 그것을 재조합 유전체
로 만들어 목적 생물 속의 DNA에 들어가도록 하는 거야. 재조합 유전
체는 박테리아 속에 있는 플라스미드를 이용해서 만들고, 이 유전체를
목적 식물체의 세포 속 유전자 속으로 들어가도록 하기 위해 아그로박
테리움을 운반체로 이용하는 기술을 개발한 거지.
아그로박테리움 투머파시엔스(Agrobacterium tumefaciens)라는 박
테리아는 나무에 혹병을 일으키는 병원균인데, 이 병원균은 가지고 있
는 옥신 발현 유전자만 나무의 세포 속에 삽입해서 감염된 세포가 빨
리 자라게 하고, 혹처럼 부풀어 오르게 만들어. 그러면 그 조직에서 나오

는 특수 물질을 흡수해서 이용하는 거야. 이 병원균 속에 들어 있는 옥신 발현 유전자를 잘라내고, 그 자리에 원하는 유전자를 삽입해서 운반체로 이용하는 거란다. 그래서 그 운반체가 목적하는 나무의 세포 속으로 원하는 유전자를 삽입시켜서, 원하는 식물체 속에서 정상적으로 작동하게 만드는 거지.

이러한 연구를 가능하게 한 것은 바이러스 속에 들어있는 DNA를 절단하는 효소와 다시 붙여주는 효소를 찾아내서 이용할 수 있게 되었기 때문이야. 이런 유전 조작 기술은 네가 대학에 가서 유전 분야 강의를 들으면 더 쉽게 이해할 수 있을 거야. 지금은 이 정도로 이해하고 있는 것으로 충분하다고 생각해.

딸: 그럼 우리나라에서 이루어지고 있는 나무의 생물공학은 언제부터 시작이 되었지요?

옆에 있던 강 교장이 거들고 나선다. "그래, 아주 좋은 질문이야. 이렇게 아름다운 숲속에서 숲을 만들어 주는 나무의 생물공학에 대한 역사를 알아야겠지." 하면서 후배인 최 선생을 쳐다본다.

엄마: 우리나라에서는 나무에 대한 생물공학은 1978년, 수원에 있던 임목육종연구소(현 산림과학원 산림자원유전부) 안에 조직배양실이 만들어지면서 시작되었지. 30년 동안 훌륭한 연구 성과도 얻어냈단다. 그 중에 1990년대 초 손성호 박사팀이 이루어낸 택솔 연구가 있으며, 이를

토대로 생명공학 산업이 시작되었다고 할 수 있지. 택솔 생산력이 높은 세포를 선발하여 대형 액체 배양기에서 배양하여 원하는 물질을 얻어내어 이용하는 거야. 유전공학 기술에 의해 GMO 포플러, 아까시나무, 유칼립투스 등 15종 정도가 보고되어 있단다.

2004년 기준으로 우리나라에서는 형질 전환된 나무의 야외 실험이 시행되고 있는 것은 30여 건이 채 되지 못하고 있단다. OECD 국가 중 야외 실험이 허가된 국가는 9개국이지만, 벨기에, 스웨덴, 이탈리아, 포르투갈, 네덜란드 등에서는 작물의 야외 실험은 실시하고 있으나 임목은 허가해 주지 않고 있단다.

딸: 작물은 해주면서 나무의 경우 허가를 해주지 않는 특별한 이유가 있는지요?

엄마: 작물의 경우는 우리가 직접 먹기 때문에 안전성에 문제가 생길 가능성이 크다고 생각해. 반면 나무는 주로 환경 보호나 목재 용도로 사용되기 때문에 작물보다는 안전성 문제가 덜하다고 볼 수 있어. 하지만 나무는 수백 년에서 수천 년까지 살 수 있기 때문에, 삽입된 유전자가 돌출되어 생태계에 영향을 미칠 수 있다는 우려가 있어. 예를 들어, 나무가 5000년 넘게 살 수도 있는데, 그동안 어떤 일이 일어날지 예측하기 어렵기 때문이지. 그래서 영년생 식물의 유전자 변형에 대한 안전성 검정은 다양한 측면에서 이루어져야 해.

딸: 그럼 유전공학 기법을 통해 어떤 나무에 무슨 유전자를 삽입하는 연구를 하고 있나요?

엄마: 이것은 매우 중요한 주제야. 많은 유전자가 미생물, 동물, 식물 등에서 분리되어 나와 있고, 최근에는 유전자 회사에서 실험용으로 돈을 주고 구매할 수 있는 수준에 이르렀어. 나무의 목재는 셀룰로오스와 리그닌으로 구성되어 있는데, 종이를 만들 때 셀룰로스만 남기고 리그닌을 제거하는 과정이 매우 비싸고 공해 물질도 많이 발생해. 그래서 리그닌 함량을 2~3%만 줄이면 비용도 절감되고 공해도 크게 줄일 수 있어. 이를 위해 OMT, 4CL과 같은 리그닌 합성에 관여하는 유전자를 포플러에 삽입해서 리그닌 함량을 15% 이하로 낮추는 연구가 진행되고 있어. 이는 목재의 재질을 향상시키기 위한 것이지.

또한, 제초제 저항성 나무를 만들면 묘목 비용을 줄일 수 있어. 카드뮴 같은 유해 물질로 오염된 토양을 정화하기 위해 특정 물질만 선택적으로 흡수하고 분해하는 미생물에서 찾은 유전자를 포플러나 아까시나무 같은 나무 뿌리에 삽입하는 연구도 진행 중이야. 이렇게 하면 쓰레기 매립장이나 폐수 유출 지역 주변의 환경을 정화하는 데도 활용할 수 있지.

최근에는 생태 환경이 불균형을 이루면서 병충해 피해가 많아지고 있어, 특정한 내성 단백질을 생성할 수 있는 유전자를 삽입한 임목을 만드는 연구도 진행되고 있어. 앞서 말한 택솔을 많이 생성하는 세포주를 유전공학 기법으로 만들어 탱크 배양을 통해 약품을 대량 생산하는 방법도 연구되고 있지.

현재 기술은 형질 전환 식물체를 만드는 데 필요한 실험적 방법을 완전히 개발했다고 할 수 있어. 다만, 이제 남은 문제는 이러한 기술을 소비자들이 이해하고 협력하는 것이야.

손님: 선생님 이야기를 잘 들었습니다. 그런데 유전자 변형 생물에 대해 소비자들의 역할이 중요하다고 하셨는데, 그에 대해 설명해 주시면 감사하겠습니다.

엄마: 별로 깊이 있는 이야기를 하지 못했는데 관심을 가져 주서서 감사합니다. 사실 소비자들은 유전자 변형 곡물에 대해 많은 관심을 가지고 있습니다. 우리는 많은 곡물을 수입해야 하며, 1996년부터 미국에서 생산된 유전자 변형 곡물이 수입되어 사용되고 있습니다. 2008년에는 정식 허가를 받아 대량으로 들여오게 되었고, 그전에도 알게 모르게 많이 사용되어 왔습니다.

문제는 유전자 변형 곡물에 대해 소비자들이 가지고 있는 막연한 불안감을 해소해야 한다는 점입니다. 구미 각국뿐만 아니라 우리나라에서도 여러 가지 안정성 검사를 하고 있지만, 지난 10년 동안 유전자 변형

식품을 사용한 사람들에게 특별한 일이 일어나지 않았습니다. 그것만으로 안전하다고 할 수는 없지만, 변형 유전자들이 자연 생태계에 미치는 영향에 대해 지속적으로 연구하고 감시해야 합니다.

그러나 이미 미국에서는 85% 이상의 유전자 변형 작물이 재배되고 있으며, 우리나라를 포함한 일본 등 여러 나라로 수출하고 있습니다. 앞으로도 생산량은 더 많아질 것이며, 중국과 인도에서도 대량으로 유전자 변형 작물 재배가 시작되고 있습니다. 소비자들이 갖는 이러한 불안감은 정부와 언론의 역할이 크다고 생각합니다.

2008년 LMO 도입법이 통과된 이후 우리나라 언론은 1300여 건이 넘는 LMO에 대한 반대 여론을 언급하여 소비자들을 불안하게 했습니다. 일본의 경우 소비자들이 LMO 곡물에 대한 불안감을 가지고 있는 비율이 점점 줄어들어 30% 미만이라고 합니다. 하지만 우리나라는 60% 이상이 막연한 불안감을 가지고 있다고 합니다.

LMO를 연구하는 많은 과학자들은 안전성에 대한 검증을 지속적으로 해야 한다고 생각하지만, LMO 자체를 배척할 수 없는 것이 현실이라고 인정하고 있습니다. 임목의 LMO 신품종들도 환경을 정화하고 더 좋은 숲을 만드는 데 크게 기여할 것으로 믿어도 좋을 것입니다.

소비자들도 새로운 학문에 대해 공부하고 이해해야 합니다. 생각해 보면 지동설을 주장한 코페르니쿠스는 처형을 받았습니다. 그러나 얼마 지나지 않아 그것이 잘못된 것이라는 것을 알게 되었습니다. 왜냐하면 지구는 여전히 돌고 있었기 때문입니다. 유전공학도 새로운 학문의 지평을 열어가고 있는 시점에 많은 불안감을 가질 수 있습니다. 그러나 그 불안감을 이기기 위해서는 꾸준한 공부를 통해 이해해야 할 것입니다.

끝으로 우리나라의 유전공학 기술은 세계적으로도 상당히 높은 수준에 있으며, 농작물과 같은 품종 육성 부분에서도 많은 성과를 올리고 있습니다. 그러나 시험 당국에서는 어떠한 유전 변형 식물체도 상용화를 허가하지 않고 있습니다. 이렇게 정부의 대응이 미진한 사이에 미국의 몬산토 회사는 세계 유전자 변형 품종 시장을 독점하게 될 것이며, 그에 대한 부담은 우리 모두에게 돌아올 것입니다.

우리나라도 1980년 이후 유전공학 관련 R&D 투자 금액은 몇 조 원에 달할 것입니다. 이제는 그 연구 결과를 이용하여 국가에 돌려줄 때가 된 것입니다. 정부는 관계 부처나 연구기관에서 소비자나 반대 언론의 눈치만 볼 것이 아니라 보다 적극적으로 유전 변형 생물의 이용에 물꼬를 터주어야 할 것으로 생각합니다. 두서없는 설명을 들어주신 여러분들에게 고맙게 생각합니다.

같이 모여 있던 사람들이 큰 박수로 최 선생의 말에 화답하였다.

　이야기하는 동안 벌써 두 시간이 지나 숲속의 오후가 서서히 넘어가고 있었다. 먼 곳에서 온 사람들도 숲을 떠날 시간이 된 것 같았다. 이야기를 차근차근 재미있게 들려주었던 최 선생은 딸을 데리고 강 교장 선생의 차를 타고 숲문화학교가 있는 북하면으로 향했다. 오늘 밤은 강 교장의 배려로 이곳에서 보내고, 내일은 고찰 백양사를 둘러본 후 서울로 올라가기로 하였다. 축령산에 와서 LMO에 대한 평소의 생각을 피력하게 되어 의미 있는 여행이 된 것 같았다.

'숲과 문화' 평생교육

정년퇴임을 하고 벌써 십 년 하고도 사 년이 더 지났다. 대부분의 사람들은 정년을 하면 제2의 인생을 시작하겠다는 마음을 단단히 먹는다. 그러나 지나고 보면 아무 일도 한 것 같지 않은데 벌써 5년, 10년이 덧없이 지나버리고 만다며 후회한다. 그림도 그리고 시도 쓰고 노래도 배우며 개인전을 여는 친구들도 많다. 나는 친구들처럼 완전히 변신할 재주가 없어서 지금도 강의 노트를 붙잡고 있는 형편이다.

정년을 맞아 산을 좋아하고 나무를 사랑하는 사람들과 만나 '숲과 문화'에 대한 이야기를 나누며 지내고 있다. 대학교 강의처럼 1학기와 2학기로 나누어 한 학기 3개월 동안 강의를 한다. 한 달 동안 3주는 강의를 하고 매달 세 번째 수요일에는 산행을 한다. 산행은 건강을 증진하면서 현장 실습도 겸하니 일석이조의 효과가 있다. 한 달에 한 번씩 해온 산행이 어느덧 127회에 이르렀다. 백두대간 수목원도 가고, 남도 강진의 동백 숲도 갔으며, 매화가 일찍 피기로 유명한 통도사의 자장매도 보았다.

또한 팔공산 자락길을 오르기도 하고, 골짜기마다 숨어 있는 암자를 찾아다니기도 했다.

시작할 즈음에는 전국의 명산뿐만 아니라 중국이나 일본 등 가까운 외국에 있는 산도 찾아다녔다. 나이가 든 요즘에는 가기 쉬운 가까운 주변 산을 주로 찾는다.

강의 내용은 우리 주변에서 쉽게 볼 수 있는 나무에 대한 자연과학적인 지식뿐만 아니라, 이들 나무에 관련된 시나 소설 등에 대한 문학적 이야기를 곁들이고 있다. 또한 숲과 환경에 대한 새로운 아이템을 찾아 소개하고 토론도 한다. '내 나무 갖기', 대기오염, 산림욕, 환경 숲 조성, 기후 온난화, 가로수, 산불, 우리나라 산림녹화 성공 사례, 수목장, 건강을 위한 산행 방법 등에 대해서도 이야기를 나눈다.

또한 지구 환경 문제에 대해 생각하고, UN 산하 단체에서 하고 있는 우루과이 라운드나 교토 의정서 파리협약 내용에 대해서도 알아본다. 급속히 변해가고 있는 지구 환경을 위해 우리가 할 수 있는 일이 무엇인지 생각하는 시간을 갖기도 한다.

'내 나무 갖기'는 자신이 좋아하고 사연이 있는 나무를 '자기 나무'로 정하는 것이다. 집안에 좋은 일이 있을 때 '자기 나무'로 기념식수를 한다. 자식들이 결혼한 날, 손자가 태어난 날, 식구들 생일날 등 기념이 될 만한 날에 자기 나무를 심어 두면, 세월이 흐른 후에 "아니, 그때 심은 나무가 이렇게 크다니!" 하고 놀라게 될 것이다. 추억을 일깨워 주는 데 나무만큼 좋은 것이 없다.

우리가 이승을 떠나는 날 언젠가 내가 심었던 기념식수 아래 수목장을 한다면 그 또한 매우 뜻깊은 일이 될 것이다. 어느 해인가 수강생들에게 '내 나무 갖기' 수종을 정해보라고 했다. 은행나무, 배롱나무, 생강나무, 뽕나무, 수양버드나무, 느티나무, 굴피나무, 엄나무, 자두나무, 석류나무, 대추나무, 팽나무 등 다양한 나무가 나왔다. 이들이 자기 나무를 정한 이유를 물어보았더니, 그 나무와 얽힌 그들만의 이야기가 서려 있었다.

초등학교 시절 친구와 함께 놀았던 나무도 있고, 어린 시절 동구 밖 느티나무 아래에서 쉬고 계시던 할아버지에게 막걸리 심부름을 했던 이야기도 있었다. 어떤 이는 어렸을 적에 자기 집 마당 안에 큰 은행나무가 있었는데, 그 집을 팔고 다른 곳으로 이사할 때 서운한 마음을 지금도 간직하고 있다고 했다.

이렇듯 자기 나무와 이어진 사연은 시가 되고 추억이 된다. 나이가 들면 이러한 추억은 깊은 향수가 되어 마음을 따스하게 만들어 준다. 자기 나무를 갖는다는 것은 매우 뜻깊은 일이다.

매주 2시간의 강의이지만 파워포인트를 만들어 미리 준비하는 일은 시간이 꽤 걸리는 작업이다. 지난번에 했던 내용에 새로운 것을 첨가하기 위해 환경에 관한 나무와 숲에 관한 정보를 수집하고 정리하는 데도 꽤 많은 시간이 필요하다. 이러한 생활 패턴은 대학교수 생활을 시작한 지 40년이 넘는 세월 동안 지금까지 유지하고 있다.

인생 칠십 고래희라고 했던가? 내 나이가 그보다 십 년이 훨씬 넘었으니 이제는 인생을 마무리할 때가 된 것 아니냐고 말하는 친구들도 많다. 마무리하는 작업은 과거에 해왔던 일을 모으고 버릴 것은 버리는 것이다. 오늘의 삶을 과거 추억 속으로 가져가는 것이지만. 나는 아직 그렇게 하고 싶지 않다. 같은 산길을 가더라도 전에 가보지 않았던 새로운 길을 가고자 하고, 여행을 하더라도 가보지 않은 곳을 여행하고 싶다. 그리고 그 어느 날이 되면 그때 내 인생의 마무리 작업을 하고 싶다.

그러나 이것 또한 지나친 욕심일지도 모르는 일이다. 팔십 평생을 살다 보니 어느 것 하나 그저 이루어진 것이 없고, 수많은 만남 또한 우연인 것이 없었다. 모든 것이 신이 이미 정해놓은 길을 가고 있는 것 아닌가 하는 생각에 빠지기도 한다. 그러나 내 삶이 정해진 길을 가든 아니든 지금, 그것을 따질 필요가 없다. 그렇게 어려운 문제는 젖혀두고 오늘 하루 후회 없이 즐겁고 의미 있게 살아가는 것이야말로 가장 중요한 것이라고 생각한다.

다음 주 산행은 구불구불 구부러진 안강 소나무가 아침 안개에 덮인 신비로운 산길을 따라 북지장사로 갈 예정이다. 수십 번 다닌 길이지만 이번에는 산 능선을 타고 고개를 넘어 도장바위에 있는 신선송을 만나고 돌아올 것이다. 가기 전부터 생각만 해도 신선한 공기가 폐부로 들어오는 것처럼 정신이 맑아지고 몸은 가벼워진다.

정년하고 십수 년의 세월이 흘렀지만, 지금도 큰 변화 없이 살아가고 있으니 축복 받은 삶이라 고맙게 생각하면서 살고 있다.. 아마 내일도 똑같은 모습으로 '숲과 문화반' 학생들을 만나 재미있게 이야기하면서 행복한 하루를 또 보낼 것이다.

식물의 테리토리

우리 제주 민요 "너영나영"에 '아침에 우는 새는 배가 고파 울고요 저녁에 우는 새는 임이 그리워 운다.'라는 가사가 있습니다. 그런데 숲속에 사는 텃새들 중에는 낮에도 울면서 돌아다니는 새가 있습니다. 아침에는 배가 고파 울고 저녁에는 임이 그리워 운다고 하는데, 낮에는 왜 울면서 돌아다니는 것일까요?

낮에 우는 새는 이곳이 자기 생활권이니 무단출입하지 말라고 다른 새들에게 경고하고 있는 것입니다. 암수가 짝을 지어 새끼를 낳고 한 가족을 만들어 기르기 위해서는 먹이를 구할 수 있는 일정한 면적의 숲이 필요합니다. 먹이가 많이 있는 살기 좋은 곳은 서로 차지하기 위해 치열한 경쟁이 벌어지게 되고, 그 곳을 확보하지 못하면 다른 곳으로 밀려나 점점 나쁜 환경 아래서 살아가야 하는 것이 힘없는 텃새들의 운명입니다. 새들이 낮에도 울고 다니는 것은 생존을 위한 자기 세력권, 즉 자기 생활 영역을 보전하기 위한 치열한 생존 경쟁인 것입니다.

새뿐만 아니라 동물들도 자기 세력권을 지키기 위해 다양한 방법을 사용하고 있습니다. 잘 가꾸어 놓아 휴식하기 좋은 공원에 가보면 애완견을 데리고 산책 나온 사람들이 많습니다. 개에게 옷도 입히고 화장도 시키고 또 액세서리로 치장한 개들은 사람 못지않게 사치스러워 보입니다. 사람들은 세상살이가 어렵다고 하는데, 이제 세월이 많이 변해 '개가 살판 난 세상'이 된 것 같습니다.

개의 크고 작음이나 사치스러움의 정도에 상관없이 전봇대나 큰 나무 밑에 가면 망설임 없이 한쪽 뒷다리를 들고서 오줌을 눕니다. 그것들의 행동을 보면 오줌이 마려워 누는 것이 아니라 몇 방울로 시늉만 내는 것이 보통입니다. 이것은 아주 오래전 야생으로 있을 때부터 터득한 자기 나름대로의 지혜로, 냄새를 곳곳에 뿌려 자기 세력권임을 나타내는 행동입니다.

산속에 사는 멧돼지들도 큰 나무 줄기에 털이 붙을 정도로 심하게 등을 비빕니다. 이는 등이 가려워서 하는 것이 아니라, 그 나무에 자기 채취를 남겨 다른 멧돼지 무리가 범접하지 못하도록 하는 행위입니다. 호랑이나 사자와 같은 맹수들도 자기 세력권을 지키기 위해 다른 동물과 때로는 같은 동물끼리도 심하게 싸우는 경우가 빈번히 발생합니다. 자기 세력권을 지키는 것은 자기 종족을 지속 가능하게 보존하는 중요한 방법 중 하나이기 때문입니다.

모든 생물이 살아가는 생활 영역에는 '밀도 효과'가 있습니다. 일정한 면적 안에 편안하고 행복하게 살려면 적정한 개체 수가 있어야 합니다. 개체 수가 너무 많으면 극심한 생존 경쟁이 일어나 다른 종뿐만 아니라 같은 종끼리도 피비린내 나는 싸움이 벌어지게 됩니다. 하지만 야생 집단의 개체 수가 너무 적은 경우 근친교배가 일어나 그 종은 소멸하게 됩니다.

일본 사람들은 너구리를 매우 친근한 동물로 좋아합니다. 선술집 앞에 술통을 지고 있는 너구리 상을 세워 놓고 퇴근해 집으로 돌아가는 샐러리맨을 유혹하고 있는 것도 너구리를 다정다감한 술친구로 생각하고 있기 때문입니다. 1960년대 초고속 성장을 하던 일본이 전국적으로 산에 드라이브 도로를 개설했는데, 너구리 번식이 급격히 줄어들었습니다. 그 원인을 조사해 보았더니 드라이브 코스에 자동차들이 밤낮으로 달리니 같은 지역에 살고 있던 너구리 집단이 서로 자유롭게 오갈 수 없게 격리되었고, 그 집단 안의 개체 수가 줄어들어 결국 근친교배로 인해 출산율이 급격하게 감소했던 것입니다.

다시 말해, 어떤 야생종이든 간에 근친교배가 일어나지 않을 만큼 충분한 개체 수, 즉 '유효 개체 수'가 있어야 유전적으로 건강한 다음 세대를 생산하여 자기 종을 지속 가능하게 유지해 나갈 수 있게 됩니다.

일본 나무 중에서 가장 귀한 대접을 받고 있는 것은 편백나무입니다. '나도 내일 편백나무가 되겠다.'라는 이름을 가진 히바(Thujopsis dolabrata), 즉 '아수나로'라는 나무가 있습니다. 내일 좋은 나무가 되겠다는 꿈을 가진 나무라고 하니, 나무 이름치고는 매우 멋집니다. 이 나무는 일본 동북부 지역에 자생하고 있으며, 편백나무보다 목재 질은 약간 떨어지지만 키나 덩치는 크게 뒤지지 않는 나무입니다.

동해 바다에 있는 일본 사도가시마佐渡島에도 이 나무가 잘 자라고 있는데, 수십여 개의 줄기가 큰 수관을 함께 떠받치고 있는 모습이 특이합니다. 같은 수관을 이루고 있는 나무줄기는 모두 같은 유전자를 가지고 있는 클론으로 구성되어 있습니다. 이 나무를 벌채하면 남은 둥치에서 맹아가 나와 10여 년간을 땅 위로 기어가면서 주변의 넓은 면적을 덮으면서 자랍니다.

주변 땅을 수십여 미터가 넘게 넓은 면적을 덮게 되면 이 지역에서는 다른 식물이 들어와 싹을 틔워 살 수가 없습니다. 그 후에 수십 개의 줄기가 높게 자라게 되어 한 개의 큰 수관을 형성하게 됩니다. 이 나무가 처음 10 수년간 상장생장을 하지 않고 옆으로만 퍼져나가면서 땅을 완전히 덮으면서 자라게 되는 것이 '아수나로'의 세력권을 확보하는 방법으로, 식물의 테리토리, 즉 '식물의 세력권'이라고 1970년대 사카이酒井 박사가 처음 보고하였습니다.

설악산 대청봉 주변에 눈잣나무 군락도 빽빽하게 지표면을 덮고 자라고 있어 다른 식물들이 비집고 들어갈 틈이 조금도 보이지 않으니 이것도 눈잣나무의 세력권으로 볼 수 있을 것입니다. 세계에서 넓은 면적을 차지하고 있는 가장 큰 나무로 기네스북에도 등재되어 있는 벵골보리수(Banyan Tree)는 높이 25m에 300개가 넘는 줄기들이 주위 420m²에 퍼져 있어 멀리서 보면 숲처럼 보일 정도입니다. 부처님이 득도했다는 인도 보리수나무는 가지에서 뿌리가 나와 새로운 줄기가 앞으로 퍼져 나가기 때문에 'walking tree'라는 별명도 가지고 있습니다. 한 나무의 수관이 이렇게 넓은 면적을 덮고 있다면 이것 역시 식물의 테리토리로 보아도 문제가 없을 것입니다.

이러한 물리적 방법뿐만 아니라 식물의 뿌리에서 특수한 물질을 분비하거나 아니면 숨 쉬는 기공에서 휘발성 물질을 발산하여 다른 식물이나 동물들을 쫓아내는 방법을 구사할 줄 아는 식물도 있습니다. 이러한 연구를 '알레로파시'라 하는데 일본에서는 타감작용他感作用이라고 부르기도 하지만 한쪽의 영향만 있는 것이 아니고 서로 영향을 주고받기 때문에 우리나라에서는 원어 그대로 '알레로파시(allelopathy)'로 부르고 있습니다. 소나무나 개잎갈나무 수관 밑에 다른 식물이 잘 자라지 않는 것도 '알레로파시' 때문입니다.

식물의 세력권 문제는 물리적인 것뿐만 아니라 '알레로파시' 영향까지 확대하여 본다면 지속 가능한 종족 보존을 위해 식물들이 가지고 있는 노하우가 대단히 다양하고 복잡하고 정교함을 알 수 있습니다.

　최근 환경 과학자 중에는 우리가 사는 지구 환경이 아무런 대책 없이 이대로 계속 나빠진다면 2030년에는 지구 종말이 올 것이라고 주장하는 학자도 있습니다. 우주의 수많은 별 중에 이 아름다운 녹색의 별 지구에 우리가 살고 있는 것은 무한한 행운이며 행복입니다. 우리의 소중한 지구를 지키기 위해서 소비를 줄이고 '환경 순환 고리'를 복원하는 생태적인 삶을 살아가는 것이 중요합니다. 또한 그에 못지않게 필요한 것은 지구 환경의 근원인 숲과 나무와 같은 녹색 식물이 세력권 유지를 위해 가지고 있는 다양한 노하우를 '지구환경 복원 사업'에 활용하려는 노력이 절실히 필요하다고 생각합니다.

산행하며 생각하며

인류 역사상에 금년 같은 해가 있었을까? 코로나19라는 신종 바이러스가 지구촌을 강타하여, 작년 말 시작된 역병은 지금까지도 그칠 줄 모르고 급속도로 번지면서 인류를 공포의 도가니로 몰아넣고 있다. 이 바이러스에 대응하는 동안에 우리들의 생활 양식이 바뀌고 있으며 코로나19가 지나간 후에도 더 많은 것들이 변할 것이라고 한다. 상거래가 변하고, 직장 근무 형태가 바뀌며, 학생들의 교육 방식이 변할 것이라고 한다. 그것은 이 바이러스 감염을 막기 위해서 되도록 사람과 사람 사이의 거리를 띄우고 얼굴에는 마스크를 쓰고 살아가는 것이 일상이 되었기 때문이다.

특히 나이 많은 노인들은 사람들이 많이 모이는 극장, 백화점, 쇼핑몰, 예배 장소 등에 가지 않아야 한다고 한다. 그렇다고 방에 갇혀 있을 수만은 없는 일이다. 나이가 든 우리가 가장 가기 좋은 곳은 산밖에 없는 것 같다. 사람들이 별로 다니지 않는 산길에 들어서서 답답했던 마스크를 벗어버리고 깊은 숨을 들이쉬고 내보내며 걸으면 답답했던 마음이 뻥 뚫리는 것 같은 희열을 느끼게 된다.

최근 우리나라 국민 소득이 3만 달러를 넘어선 선진국 수준에 진입했다고 한다. 정년하고 연금으로 살아가고 있는 나에게 국민 소득이 높아졌다고 해서 특별한 변화를 체감할 수 없다. 그러나 산행할 때마다 산길의 모습이 달라지고 있는 것을 느낀다. 경사가 심해 미끄러지기 쉬운 길에는 남쪽 나라에서 수입한 야자매트를 깔아 걷기 쉬워졌으며, 예전에는 로프를 잡고 오르내리던 낭떠러지 길에는 나무 데크로 만들어진 계단이 설치돼 있다. 그리고 경치가 좋은 곳에는 의자가 놓여 있어 많은 사람들에게 휴식처가 되고 있다. 또한 산속 군데군데 체육시설이 들어서 있다. 이만하면 선진국의 시설에 뒤처지지 않는다고 느껴진다. 3, 4십 년 전 독일이나 일본의 산속 길을 걸을 때 느꼈던 부러운 마음이 이제 우리 산길을 걸으면 바람처럼 사라져 버린다. 이러한 숲이 바로 우리의 정신과 마음을 치유해 주는 치유의 숲이 되는 것이다. 숲속에는 이러한 시설뿐만 아니라 가끔 숲에 대한 설명이나 나무 이름의 내력, 또는 숲속의 생태계에 대한 설명판이 설치 되어있다. 이런저런 재미나는 이야기들이 적힌 작고 예쁜 설명판을 보는 것도 쏠쏠한 재미를 더해준다. 그러나 가끔 적힌 말들이 맞는 말인지 의심이 들 때도 한두 번이 아니다.

전남 강진군 정남진 우드랜드가 자리 잡고 있는 억불산이 있다. 목재 데크길을 따라 올라가다 보면 나무 직경이 30cm가 넘을 정도로 큰 때죽나무를 만난다. 그 때죽나무 앞에 꽂혀있는 설명문 내용이 눈에 들어왔다. "헤밍웨이의 걸작 『노인과 바다』에서 노인이 커다란 '청새치'를 잡을 수 있었던 것은 때죽나무 낚시대를 사용했기 때문"이라고 적혀 있었다. "때죽나무에는 물고기를 죽일 수 있는 독이 있어서 낚시대로 사용하여 효과를 봤다"고 한다. 때죽나무는 동양에만 있는 나무인데 어떻게 쿠바 해안에서 낚시하는 산티아고 노인의 낚시대가 됐을까? 때죽나무 열매에는 물고기를 수면 상태에 빠지게 하는 독성을 지니고 있어서 나무 이름도 물고기를 '떼로 죽인다' 하여 때죽나무가 됐다고 한다. 그러나 노인은 줄낚시로 '청새치'를 낚았던 것이다. 강진군청에 전화를 하여 때죽나무 앞에 세워놓은 간판의 내용에 대해 물어 보았더니 이 때죽나무 목재의 견고함을 알리기 위해 '스토리텔링'을 한 것이라고 한다. 이 억불산 길은 유치원 원아부터 초등학교 어린 학생들의 교육장으로도 활용되고 있다. 이러한 곳에 전혀 사실이 아닌 이야기가 적혀 있다니 걱정이 되었다. 이것을 본 애들이 나이 들어 『노인과 바다』를 읽으면서 "인간은 파멸할 수 있어도 패배할 수는 없다."는 작자의 독백을 만났을 때 무엇을 느낄 수 있을 것인가?

전남 장흥 하면 유홍준의 『나의 문화유산 답사기』에서 우리나라 관광 1번지로 소개되어 있다. 이곳에는 장흥이 고향인 이청준과 한승원의 문화 산책로가 조성되어 있어 전국적으로도 많은 관광객들이 찾아오고 있는 문화 명소가 아닌가? 스토리텔링을 하더라도 좀 더 참된 내용의 이야깃거리를 만들어 놓았으면 좋았을 것이다.

충북 청남대에 갔다가 '야촌 단풍나무'라는 이름표를 달고 있는 푸른 잎이 무성한 단풍나무를 본 적이 있다. 아마 노무라 단풍나무, 즉 野村 단풍이라고 된 것을 한글로 '야촌'이라고 바꿔 써 놓은 모양이다. 야촌 단풍나무라고 쓰인 식물 도감도 있다. 노무라 단풍나무라고 하던가, 최소한 한자를 써 넣어야 하지 않을까? 노무라 단풍나무는 고유 명사인데 우리나라 발음을 그대로 써 놓은 것은 잘못이다. 한국의 수목 도감(김태욱 저)에 '야촌 단풍'이 소개돼 있다. 여기에 소개된 내용에 대해 전문가들의 판단이 필요하다. 일본의 어느 문헌에도 노무라 단풍을 노무라라는 사람이 육종한 것이라고 하는 기록을 찾을 수 없었다. '노무라濃紫'가 맞는 말이라고 한다. 즉 자주색이 짙은 단풍나무라는 뜻이다. 그렇게 관광객이 많이 찾아오는 청남대 집무실 입구에 잘못된 아주 큰 나무 이름 간판을 달고 떡 버티고 서 있는 단풍나무를 보니 임학을 전공한 사람으로서 미안하다는 생각이 들었다.

최근에 어느 지자체 초·중·고등학교에 가이즈카향나무를 제거하고 소나무를 심으라는 독려 공문이 교육청에서 내려왔다고 한다. 그 이유인 즉 1909년 1월 순종 황제와 이또히로부미伊藤博文가 대구 달성공원에 일본인들이 기념식수할 때 가장 좋아했던 가이즈카향나무를 심었기 때문이라고 했다. 특히 교육 기관인 학교에 심어져 있는 것은 항일 감정에 좋지 않기 때문에 제거해야 한다는 것이다. 최근 한 대학교수의 연구 논문에서 1909년 경부선 철도 시승에 참여한 순종 황제와 이또히로부미가 대구 달성공원에 와서 기념 식수를 했다는 확정적인 증거를 찾을 수 없다고 결론 내렸다. 가이즈카 향나무가 조경수로 세상에 처음 알려진 시기는 1928년이고 우리나라에 많이 심어지게 된 것은 1970년대라고 했다.

한산섬 제승당 이순신 장군을 모신 사당에 삼나무, 편백 등 일본 나무들이 심어져 있었다. 그러한 것은 당연히 정리되어야 한다고 생각되어 문화재 관리청에 메일을 보냈다. 그후 정리된 것으로 알고 있다. 이러한 역사적인 장소에는 나무 수종 하나라도 그 뜻과 의미에 잘 맞추어 심어야 한다. 우리 천 원짜리 지폐에 도산서원의 사진이 올라온 적이 있었다. 그런데 도산서원을 재정비하면서 서원 입구에 박정희 대통령이 원산지가 일본인 금송을 심어 놓았다. 많은 식물학자들이 잘못됨을 지적하여 울타리 밖으로 내쳐 심은 것은 잘한 일이다. 이순신 장군의 사당이나 마찬가지 이유에서다. 사람마다의 생각이 다르다고 해서 뭐라 할 수는 없으나 보다 철두철미한 역사적인 고증이 있어야 한다고 생각된다.

그 위세가 마치 용트림하면서 하늘로 올라가는 형상을 한 소나무림에 둘러싸인 불국사는 더욱 신비하고 아름답다. 만약 불국사가 삼나무나 편백나무로 둘러싸여 있다면 그러한 감흥이 일어날까? 매우 부정적인 생각이 든다.

또한 어떤 이는 세한도에 소나무와 해송을 그린 것이라고 하는 사람도 있다. 세한도는 추사 선생이 1844년 제주도 귀양 때 그린 문인화이다. 문인화는 문인화로 해석해야 한다. 진경산수화처럼 보기는 어려운 것이다. 세한도란 이름은 공자의 논어에 나오는 문구 '歲寒然後, 知松栢之後凋'에서 따온 것이기 때문에 소나무와 잣나무라고 하는 것에 이론이 없을 것이다.

같은 그림을 보고, 같은 음악을 들어도 사람마다 느낌이 다르듯이 같은 풍광을 보거나 책을 읽어도 생각이 다를 수 있을 것이다. 그것은 맞고 틀리고의 문제가 아니라 사람마다 느낌의 차이일 것이다.

코로나19 때문에 집에 갇혀 있다가 오늘은 큰마음 먹고 모처럼 산에 다녀왔다. 몸과 마음이 한결 편해진 것 같다. 팬데믹으로 번진 코로나바이러스가 언제쯤 잠잠해져 평상심으로 돌아갈 수 있을지 마음만 답답하다.

진남교반과 토끼비리길

　경상북도 팔경 중 제1경으로 꼽히는 곳이 진남교반이다. 주흘산에서 내려온 조령천과 희양산에서 발원한 가은천이 이곳에서 만나 영강이 된다. 강의 물줄기는 유유히 흐르고자 하나 오정산에서 뻗어 내린 산 능선이 강줄기를 세차게 밀어내니 강물은 옆으로 휘감아 회돌이쳐 내려가면서 절경을 만들어 낸 곳이 바로 진남교반이다. 교반이란 ‘다리 근처’라는 뜻으로 진남교 일원을 말한다. 주변 산들로 함지박처럼 둘러싸인 진남교반은 영강의 금모래, 강변의 소나무가 푸르러 청정하고 다리가 가로지르고 있는 묘한 풍광이 절경이다. 영강 북쪽은 바위 절벽으로 막혀있고 그 바위 절벽 위에는 고모산성이 있다. 고모산성 진남문 성곽을 따라 올라서면 탁 트인 풍경이 시원하게 펼쳐진다. 이곳에서 진남교반을 내려다보면 S자 모양의 3태극, 바로 영강이 굽이돌아 ‘물태극’이요, 도로가 굽이돌아 ‘길태극’이며, 산이 굽이돌아 ‘산태극’을 만든 아름다운 경치가 가히 경북 팔경 중 제1경이다.

고모산성은 삼국시대 초기인 2세기경 신라에서 계립령로(문경-충주 미륵사지)를 개설하던 시기에 북으로부터의 침입을 막기 위해 축조된 것이라는 설도 있으나 출토된 유물로 보아 5세기경에 축조된 것으로 추정된다고 한다. 석현성과 진남문은 조선시대 말에 건축되었으나, 그 후 일본군에 의해 폭파되었다고 알려져 있다. 할미성이라고도 부르는 이 산성은 임진왜란, 동학혁명, 한말 운강 이강년 선생이 의병 항쟁 때뿐만 아니라 한국전쟁 때까지도 전략적 요충지로서 이용되었다. 최근에 문경시가 복원하여 옛 모습을 되찾아 놓았다.

고모산성 진남문으로 나오면 토끼비리라는 별난 이름을 가진 길로 이어진다. 이삼 십여 년 전 제주도에 올레길이 시작되면서부터 전국에 순례길, 올레길, 백두대간 둘레길 등 그 이름도 갖가지인 길이 생겨나 많은 사람들이 걷기를 생활화하고 있다. 그러나 이곳 토끼비리는 최근에 생긴 길 이름이 아니다. 아주 옛날 고려 때 만들어진 길이다. 왕건이 견훤과 싸우다가 패하여 도망가던 중에 앞쪽으로 영강의 깊은 물이 흐르고 그 강 옆으로 수십 길이 넘는 절벽이 길게 이어져 있어 빠져나갈 길이 보이지 않아 난감하게 되었다. 이리저리 궁리하던 왕건은 그 비탈길로 토끼가 달아나는 것을 보고 그 길을 따라 무사히 내려올 수 있었으며 그 길 이름을 토끼비리라 했다. 비리는 강이나 바닷가의 벼랑을 뜻하는 벼루의 문경 사투리이다. 또 관갑천잔도串岬川棧道, 곶갑천잔도, 토잔兎棧 등으로 불렀는데 잔도는 벼랑에 구멍을 뚫고 나무를 꽂아 선반처럼 매달아 만든 사다리 길을 말한다.

오늘날 중국 관광지인 장가계나 원가계에 가면 이런 잔도를 체험할 수 있다. 어느 곳에는 판자 대신 유리판을 깔아놓고 그 위를 걸어가게 하는데 유리판을 통해 수천 길 아래를 내려다보면 겁이 나서 네 발로 기어가는 사람도 있고 아예 눈을 감고 움직이지 못하는 사람도 있다. 초한지에서 유방과 항우가 싸울 때, 촉으로 쫓겨난 유방이 자기가 건너간 이 잔도를 항우의 공격을 받지 않으려고 끊어버렸다는 고사가 있다. 우리나라에는 이와 같은 형태의 잔도는 없지만 이곳 토끼비리를 토잔, 즉 토끼의 잔도라 부르게 되었다. 토끼비리는 명승 제31호로, 길 중에서 최초로 문화재로 지정되었다.

조선시대 선비들의 로망은 과거에 합격하여 입신출세하는 것이었다. 과거는 양반들만이 응시할 수 있는 시험 제도였다. 대부분의 양반들은 과거에 목숨을 걸었다. 과거시험은 그들의 향리와 가문의 명성을 드높였고, 개인의 출세와 영달의 기회가 되었다.

영남의 선비들은 부산 동래에서 출발하여 한양 경복궁 과거시험장에 가는 도중에 매우 많은 고초를 겪어야 했다. 돈 많은 양반 자제야 하인들이 끄는 말을 타고 갔지만, 대부분은 걸어서 갔다. 동래에서 한양까지 약 20여 일이 걸렸으니 그들은 하루에 40~50리씩 걸어야 했다. 신발이라고는 짚신밖에 없었던 시절, 짚신은 거의 하루에 한두 켤레가 닳아 없어지니 개나리 봇짐 뒤에 수십 켤레가 넘는 짚신을 메고 가야만 했다.

영남에서 한양으로 가려면 소백산맥의 높은 고개를 넘어야 했다. 과거를 보러 가는 유생들 중에는 큰 고을을 지날 때 객주에서 유혹에 빠져 가져온 여비가 떨어질 때까지 계집들과 어울리다가 왔던 길을 되돌아가는 어리석은 유생들도 있었다고 한다. 그러나 입신양명을 위해 모든 힘을 다해 수년간 과거를 준비해온 유생들은 이런 천한 유혹에 흔들리지 않으며 한양으로 가는 발걸음을 재촉하였다. 소백산을 넘어가는 고갯길은 추풍령, 조령, 죽령이 있었다. 그러나 유생들은 조령인 새재를 넘어 서울로 가는 길을 좋아했다. 추풍령은 추풍낙엽처럼 시험에서 떨어질까 염려하여 가지 않았고 죽령은 비에 젖은 대나무 잎에 미끄러져 시험에 떨어질까 두려워 피했다고 한다.

문경새재로 가기 전에 지나가야만 하는 토끼비리는 가장 험한 곳이었다. 깎아지른 듯한 절벽 아래 흐르는 강물을 내려다보며 두려움을 참아가며 한 발 한 발 이 길을 지나온 선비들은 기진맥진해졌다. 그때 토끼비리 끝에 있던 주막을 만났을 때의 반가움은 이루 말할 수 없었을 것이다. 이곳에서 과거를 보러 가던 유생들은 하룻밤 머물며 다시 기운을 차려 한양으로 올라갔다. 주막을 지나 산모퉁이에 소원을 빌었던 돌무지 옆 오래된 느티나무 앞에 성황당이 서 있다. 선비들은 이곳 산신령에게 어사화를 머리에 꽂고 금의환향하는 간절한 소원을 빌었을 것이다. 토끼비리를 지난 선비들은 얼마 가지 않아 문경새재를 만나고 그 고개를 넘어서면 한양까지는 지척처럼 느껴졌을 것이다.

이런 애환이 서려있는 토끼비리에 면곡 어변갑의 '관갑잔도' 시판이
세워져있다.

관갑잔도串岬棧道 - 면곡綿谷 어변갑魚變甲(1380~1434)

요새는 함곡관函谷關처럼 웅장하고
험한 길 촉도蜀道같이 기이하네
이 길을 빨리 넘어가고 싶지만
등을 웅크린 채 살금살금 기어가니 늦는다고 꾸짖지는 말게나

함곡관函谷關: 중국 하남성 영보현에 위치한 전국시대 진나라가 설치
한 요새로, 유방이 항우를 견제하기 위해 사용했던 곳이다.

촉도蜀道: 중국 서부의 운남 및 서역으로 이어지는 지역에 있었던 고
대 국가인 촉나라로 인해 붙여진 이름이다. 이곳은 매우 험준한 지형으
로 유명하다. 이태백의 시 '촉도난蜀道難'에서 '촉도 오르기가 하늘을 오
르기보다 어렵다'라고 묘사하고 있다.[蜀道難, 難于上靑天]

국척跼蹐: 등을 웅크린 채 살금살금 기어가는 모습. 국천척지跼天蹐
地는 매우 두려워하여 몸 둘 바를 모르는 상태를 의미한다.

어변갑은 경남 함안 사람으로 태종 8년 식년문과에 장원한 뒤 집현전

직제학이 되었으나, 늙은 어머니를 봉양하기 위해 관직을 버리고 함안으로 돌아갔다. 조정에서는 그의 행동과 의리를 높이 평가하여 김해부사와 사간 등의 벼슬을 내렸으나, 그는 이를 받아들이지 않았다. 이후 그는 좌찬성으로 추증되었고, 고성군 소재 면곡서원綿谷書院에 배향되었다.

어변갑의 관갑잔도 시를 읽으며 그때나 지금이나 별로 달라지지 않은 토끼비리 길을 돌아보고 진남교반의 아름다운 경치를 다시 한 번 바라보니 세월의 무상함에 감회가 새롭다.